マドンナメイト文庫

青い瞳の美少女 禁断の逆転服従人生

諸積直人

目次

contents

青い瞳の美少女

禁断の逆転服従人生

第一章　美少女とのいけない淫戯

1

（あれ、理紗《りさ》ちゃん？）

下校途中、突然の豪雨に見舞われた栗橋達也《くりはしたつや》は、自宅の前に佇《たたず》む一人の少女に気づいた。

木口《きぐち》理紗は小学校に入学したばかりの六歳で、達也の家から徒歩三分ほど離れたマンションに住んでいる。

母親同士が同じ高校の先輩後輩の間柄で、昔から家族ぐるみのつき合いをしており、九つ年下ではあったが、幼馴染みといってもいいだろう。

「……達ちゃん」

「どうしたの？　びしょ濡れじゃないか」

どうやら彼女は傘を所持していなかったらしく、やや栗毛色の髪とシャツの肩やスカートが雨で濡れていた。

「ママ……まだ帰ってきてないの」

「閉めだし、食っちゃったのか。どれくらい待ってるの？」

「三十分ぐらい」

「そんなに？　おばあちゃんちには、行かなかったんだ？」

「こんな雨の中、行けるわけないでしょ」

理紗の祖母の家はとなり町にあり、傘なしで向かうのは確かに無理そうだ。

「お母さんには、連絡した？」

「……ううん」

理紗がスマートフォンを所持していないことを思いだした達也は、ズボンのポケットから取りだしたハンカチを手に、理紗のもとに駆け寄った。

ホッとしたのか、柔和《にゅうわ》な顔つきになり、あどけない眼差《まなざ》しが向けられる。

青みがかった美しい瞳に、胸が甘く締めつけられた。

理紗はスウェーデン人の祖父を持つクォーターで、日本の幼女とは趣《おもむき》の違う雰囲気を持つ少女だった。

切れ長の目、すっと通った鼻筋、桜桃を思わせる唇。整った目鼻立ちはすでに完成されており、将来は絶世の美女に成長するであろうことを予感させた。

(特にこの青い目が、たまらなくきれいなんだよな。見つめられただけで、吸いこまれそうだよ)

美しい容貌《ようぼう》がことさら眩《まぶ》しく、照れ臭げに笑いながら問いかける。

「お母さん、いつ帰ってくるって言ってたの？」

「今日は仕事は休みだから、家にいるはずなんだけど……」

「買い物にでも行ったのかな？」

「……わからない」

少女はまたもや不安になったのか、鼻をくすんと鳴らした。

(どうしよう……このまま帰すわけにはいかないよな)

赤の他人ならまだしも、本当の妹のようにかわいがっている少女なのだ。

おそらく彼女は、自分を頼って来てくれたのだろう。無下《むげ》にできるはずもなく、達也は朗《ほが》らかな口調で誘いをかけた。

「ママが帰ってくるまで、うちで待つかい？」

「いいの？」

「もちろんだよ。ママには俺のほうから連絡しておくから」

「うんっ！」

理紗は目を輝かせ、腕にしがみついてくる。首筋から匂いたつ甘い香りに、十五歳の少年は心臓をドキリとさせた。

2

達也は小学二年のときに父を亡くし、母子家庭で育った。

母は仕事で不在のため、固定電話の横に置いてある連絡帳を調べ、理紗の母・友香《ゆか》梨《り》に連絡する。

やはり、彼女は買い物に出かけていたらしい。人身事故から電車が立ち往生《おうじょう》してしまい、理紗の帰宅時間までに帰れなかったようだ。

友香梨は何度も感謝の意を述べ、達也は三十分後に自宅へ送り届けることを約束して電話を切った。

（これで、ひと安心と）

リビングをあとにした達也は階段を昇り、早足で自室に向かった。

扉を軽くノックし、外から声をかける。

「理紗ちゃん、着替え終わったかい？」

「……うん」

「開けるよ」

断ってから扉を薄目に開けたとたん、飼い猫のチャーが飛びだし、階段を駆け下りていった。

室内を覗きこむと、理紗が不服げな顔で部屋の中央に佇んでいる。

「Tシャツと短パン、大きすぎるよ……」

「やっぱり、おふくろのでも大きかったか？　悪いけど、服が乾くまで我慢してくれるかな」

「ママと連絡ついたの？」

「ああ、ついたよ」

脱ぎっぱなしのシャツとスカート、髪を拭いたタオルをハンガーに掛け、カーテンレールに引っかけてから、人身事故の件を告げる。

「三十分後には、帰ってくるみたいだよ」

そう言いながら振り返ると、少女は打って変わって満面の笑みを浮かべた。

「どうしたの？　急にニコニコして」

「達ちゃん、ゲームしよ」

「え？　でも、遊んでる時間ないと思うけど……」

「いいから、早くっ！」

先ほどは涙ぐんでいたのに、子供はさすがに切り替えが早い。仕方なくテレビとゲーム機の電源をつけるや、理紗はさっそくコントローラーを手に取った。

「友香梨さんと約束したんだから、三十分で終わりだよ」

「あぁン、そんなのいいじゃん。達ちゃんの家にいることはわかってるんだし」

「しょうがないなぁ」

わがままずらも愛くるしく、思わず頬を緩めてしまう。ベッド脇に腰を下ろしてあぐらをかいた直後、少女はすかさず太腿の上に腰かけてきた。

「……あ」

「いいなぁ、このゲーム。ママに頼んでも、買ってくれないから」

「そ、そう」

「そういえば……達ちゃん、いつもこんなに早く帰ってくるの？」

「あ、いや、今日は中間テストの最終日で、午前中で終わったんだ」

「ふうん、じゃ、私、運がよかったんだね」

「そ、そうだよ。ふだんの日だったら、まだ帰ってる時間じゃないから……むむっ」

小振りなヒップが股間にあてがわれ、ふんわりした弾力に戸惑いを感じてしまう。

達也が精通を迎えたのは二年前で、その直後から獣じみた性欲に翻弄《ほんろう》される日々を過ごしてきた。

一度の自慰行為では満足できず、続けざまに三回放出したこともある。

十五歳の少年は性欲溢れる年頃であり、しかも中間テストの期間中は禁欲していたため、副睾丸には大量の精液が溜まっている状態なのだ。

少女のヒップが動くたび、熱い血流が自然と海綿体になだれこんだ。

(あ、あ……や、やばい)

そっと後ずさりするも、理紗はゲームに集中しているのか、決して腰を上げようとしない。後ろ手をつき、やや前屈《かが》みの体勢から反動をつけて腰を引こうとした刹那《せつな》、達也はあっという声をあげそうになった。

ぶかぶかのTシャツの襟元が浮き、隙間から少女の胸元が覗いたのである。

(う、嘘だろ)

甘食の形状をした乳房は、見るからに膨らみはじめた蒼いつぼみを印象づける。頂上の乳頭は淡いピンクに彩《いろど》られ、貪《むさぼ》りつきたくなるほどの可憐《かれん》さを見せつけていた。華奢《きやしゃ》な首筋、生クリームのような白い肌、仄《ほの》かに香るミルクの匂いに目眩《めまい》を起こす。

(し、信じられない……まだ六歳なのに)

外国人の血が入っているためか、日本人よりも発育がいいのかもしれない。

いやが上にも性欲を刺激された少年は、鼻の穴を目いっぱい開いた。

(それにしても、なんてなめらかな肌なんだ。あぁ、ペロペロ舐められたら……て、いかん! 何を考えてるんだ。相手は、まだ子供なのに)

理性を必死に手繰《たぐ》り寄せるも、一度火のついた欲望は収まらず、ズボンの下のペニスがぐんぐん膨張していく。やがて男のシンボルはフル勃起し、もはや雨が降ろうが槍が降ろうが、鎮火することはできそうになかった。

(や、やばい、どうしよう……あ!?)

腰をもぞつかせたとたん、股間の膨らみが臀裂の狭間《はざま》にはまりこみ、全身の毛穴から汗が噴きだす。

異様な気配に気づいたのだろう。理紗は肩をピクリと震わせ、怪訝《けげん》な表情で振り返った。

「なんか……お尻に硬いものが当たってるよ」

「そ、それは……」

顔を真っ赤にして俯《うつむ》くと、少女は腰を浮かして股の付け根を注視する。

(や、やべっ！　おっ勃《た》ってる!!)

小高いテントが目に入るや、達也は慌てて股間を両手で覆った。

「何？　今の？」

「な、なんでもないよ！」

小学一年生の女の子に男の生理を説明したところで、理解できるはずがない。

気恥ずかしげに目を伏せた直後、理紗は身体を反転させ、好奇の眼差しをこれでもかと注いだ。

「なんか、入れてるでしょ？」

「い、入れてないってば！」

「わかった！　鉄の棒でしょ？」

「そんなことより、ゲームやらなくていいの？」

横座りの体勢から腰をよじっても、少女はあきらめず、モミジのような手を伸ばしてきた。

「達ちゃん、様子がおかしいよ。何を隠してるの？　見せて！」

「あ、ちょっ……」

子供とは思えぬ力で胸を押され、バランスを大きく失う。床に手をつこうとしたものの、時すでに遅し。達也は、もんどりうって倒れこんだ。

（ああっ、や、やばい！）

必死の形相《ぎょうそう》で再び股間を隠そうとしたものの、理紗は太腿の上に座り、手首を摑んで制する。

美少女の清らかな視線が股間に突き刺さった瞬間、全身の血が逆流し、情欲の嵐が下腹部で吹き荒れた。

3

「な、何……これ？」

「あううっ」

「右側に大きく突きでてるよ」

理紗は小首を傾《かし》げつつ、右手の人差し指で膨らみをツンツンとつつく。

「むおっ!」

快感電流が背筋を駆け抜け、達也は低い呻《うめ》き声をあげながら両足を一直線に突っ張らせた。

「やだ、ひょっとして、これって……」

純真無垢な少女は、マストを張った強《こわ》ばりが男性器だとようやく気づいたらしい。

口を手で覆い、目を大きく見開いた。

(ど、どう言ったら、いいんだよ)

理紗に欲情を悟られるわけにはいかず、冷や汗が背筋を伝わる。

「ぶ、ぶつけたんだ」

「……え?」

とっさに頭に浮かんだ言い訳を口にすると、少女はきょとんとした顔で身を乗りだした。

「テストの答案を出しにいくときに、机の角にぶつけちゃってね。たぶん……腫れてるんだと思う」

「……痛いの?」

「痛いといえば、痛いかな……ズキズキしてるし」

「そうなんだ……あぁ、びっくりした」

稚拙《ちせつ》な釈明《しゃくめい》を信用したのか、彼女は納得げに頷《うなず》くも、話はそこで終わらなかった。

「見せて」

「へ？」

「痛いんでしょ？」

「そ、それは……」

「私もママと同じ、将来は看護師さんになりたいの。痛みがなくなるように、さすってあげる」

「い、いいよ」

「遠慮することないよ。手をどけて」

頭に血が昇り、心臓が早鐘を打ちだす。

指でつつかれただけで、快感の火柱が背筋を貫《つらぬ》いたのである。じかに触られたら、どれほどの快美を受けるのだろう。

理性と本能の狭間で苦悩した少年は、消え入りそうな声で答えた。

「女の子にあそこを見せるなんて……すごく恥ずかしいことなんだよ」

「わかってるよ、そんなの。私だって、逆の立場なら恥ずかしいもん」

「だったら……」

「これは治療なんだから、仕方ないでしょ？　さ、見せて」

ひたすら躊躇《ちゅうちょ》するなか、少女は目尻を吊りあげて言い放つ。

「達ちゃん、私の言うことが聞けないの？」

怒った顔もまた魅力的で、ペニスは萎《な》えるどころか、ますます昂《たかぶ》るばかりだ。

「心配しなくても、大丈夫だよ。このことは、絶対に内緒にするから」

「ホ、ホント？」

感情が男の欲望へと傾きだし、怒張がズボンの下でビンビンしなった。

「患者さんの秘密は他人に話してはいけないって、ママが言ってたもん。ええと、なんて言ったっけ」

「守秘義務？」

「そうそう！　だから、安心して」

「や、約束だよ」

「うん、二人だけの秘密にする」

後ろめたさはいまだに拭《ぬぐ》えなかったが、少女の言葉を信じた達也は、本能の赴《おもむ》くまま性欲をさらけだした。

「そ、それじゃ……未来の看護師さん、診《み》てもらえるかな？」

「うん！」

理紗は目を輝かせ、ベルトに手を伸ばす。

おそらく、彼女はお医者さんごっこのつもりなのだろう。それでも欲情の証《あかし》をいたいけな少女に見せつけることになるのだから、あまりの昂奮に胸が張り裂けそうだった。

ベルトが緩められ、ホックが外される。小さな手がズボンの上縁に添えられ、緊張がピークに達する。

「さあ、お尻を上げてください」

言われるがまま腰を上げれば、紺色の布地がトランクスごと剝き下ろされ、心臓がバクンと大きな音を立てた。

(あぁ、理紗ちゃんにチ×ポを見られちゃう)

背徳的な状況に気後《きおく》れするも、峻烈《しゅんれつ》なシチュエーションには敵《かな》わない。

「あぁン、脱がせにくいよ」

完全勃起のペニスがパンツの裏地に引っかかり、もどかしさからズボンを自ら引き下ろす。次の瞬間、狭苦しいスペースに押しこまれていた怒張が、反動をつけて跳ねあがった。

先走りの汁が扇状に翻《ひるがえ》り、理紗が甲高い悲鳴をあげる。

「きゃっ！」

パンパンに膨れた先端、えらの張った雁首、ミミズをのたくらせたような静脈。逞《たくま》しい芯を注入させた肉棒が全貌を現し、饐《す》えた汗の臭いが自身の鼻先まで漂った。

(あぁ、もう出ちゃってる！)

羞恥に身を焦《こ》がしたものの、昂奮は少しも怯《ひる》まない。

理紗はまたもや口を手で塞《ふさ》ぎ、目をこれ以上ないというほど見開いた。

「やぁン、何、これ……パパのと全然違う」

「はあはあ……腫れてるんだよ。ズキズキと痛むんだ」

「そんなに、すごい勢いでぶつけたの？」

「う、うん……さすってくれる？」

「いいけど……なんか、キノコみたい」

「子供のうちは、皮を被ってるんだ。大人になると、自然と剝けてくるんだよ」

仮性包茎を指摘されて恥じらうも、今は性衝動のほうが遥かに勝《まさ》っている。ペニスがよく見えるよう、達也はワイシャツをたくしあげ、下腹部を余すことなく晒《さら》した。

「さあ、さすって」

上ずった口調で告げると、少女は意を決したのか、恐るおそる手を伸ばす。

男の分身まで、あと数センチ。大いなる期待に身構えた直後、桜色の指先が肉胴の横べりをそっとつまんだ。

「う、おっ!?」

「きゃっ!」

剛直がブンブンと頭を振り、理紗が悲鳴をあげて手を引っこめる。

「はあはあ、はあぁぁぁっ!」

あまりの快感に身が引き攣《つ》り、男の欲望が射出口を何度も突きあげた。

ここで暴発するわけにはいかず、顔を真っ赤にして放出を堪《こら》える。

「……痛かったの?」

射精の先送りに成功した達也は、呆然とする少女に涙目で答えた。

「ご、ごめん……驚かせちゃって。恥ずかしくて、つい……声をあげちゃったんだ。もう大丈夫だから」

無理にでも息を整え、儚《はかな》げな笑みを返して行為の続行を促《うなが》す。

理紗は小さく頷き、震える手を再び差しだした。

ふっくらした手のひらが、触れるか触れぬ程度の力加減で裏茎沿いを撫であげる。

「やっぱり腫れてるんだ。おチ×チン、すごく熱い」

「む、むむっ」

美少女の口から男性器の俗称が放たれたとたん、腰の奥がゾクゾクし、射精欲求が再び高まった。

「ホントに……大丈夫？」

「ああ……少しは楽になったよ」

「でも、全然小さくならないよ。なんか……逆に大きくなったみたいだけど」

手のひらが裏茎を往復するたびに、熱感が腰を打つ。

かわいい女の子に性器を触られたら、勃起が萎えるはずもないのだ。

「やぁン……先っぽから、おしっこが出てる」

「おしっこじゃ……ないよ」

「それじゃ、なんなの？」

年端《としは》もいかない少女に、我慢汁の説明をしたところで理解できるとは思えない。

達也は口をへの字に曲げ、ここでも適当な言い訳を繕《つくろ》った。

「悪いウミが……溜まってるんだよ」

「……え？」

「それを出しきれば、収まると思う」

「ふうん、そうなんだ」

「あのね……その……おチ×チンを、摑んでくれるかな？」

「摑むって……」

「普通に握って、上下にこすってほしいんだ」

「そうすれば、悪いウミが出るの？」

「うん、そうだよ」

少女は訝《いぶか》しむも、こわごわ怒張に指を絡める。期待と性的な昂奮に打ち震える一方、達也は丹田《たんでん》に力を込めて巨大な快感に備《そな》えた。

4

「おっ、くっ」

細い指先が上下のスライドを始め、理紗がペニスと達也の顔を交互に見つめる。

澄《す》んだ青い瞳と端正な顔立ちが、幼女を一瞬、大人の女性に見せた。

緊張しているのか、イチゴ色の舌で上唇をなぞりあげる仕草が悩ましい。

「もう少し……速く」

泣きそうな顔で懇願《こんがん》すれば、抽送のピッチが上がり、激情の高波が襲いかかる。

達也は息を止め、一触即発の瞬間に全神経を集中させた。

「あ、おしるが垂れてきた……やぁ、ネバネバしてる」

「と、止めないで。そのまま！」

鈴口から溢れでた先走りが胴体を伝い、薄桃色の指を穢《けが》していく。にちゅくちゅと淫靡な音が響き渡り、視覚ばかりか聴覚まで刺激した。

「やぁン、皮も剝けてきた。これ、平気なの？」

「う、うん、問題ないから……あ、くっ」

カウパー氏腺液が包皮をふやけさせたのか、張りつめた亀頭が顔を覗かせる。

先端はすでにヌルヌルの状態で、一見すると、ひとつ目小僧が睨《にら》みつけているかのようだ。

やがて生白い皮が雁首で翻転《ほんてん》すると、甘美な性電流が股間から脳天を貫いた。

「あぁン、剝けちゃった。おチ×チン硬いままだし、先っぽも真っ赤だよ」

「だ、大丈夫。もうすぐ……悪いウミが出るから」

「もっと速くしたほうがいい？」

「うん……ウミをたくさん出しても、指の動きは止めないでね。全部出さないと、また腫れてくるから……あ、ぐっ！」

何を思ったのか、理紗は両手で肉棒を鷲摑み、濡れ雑巾を絞るような手コキを繰りだした。ふんわりした指先が雁首の真下をドンドン叩きつけ、肉悦の暴風雨が股間に吹きすさぶ。

「すごい……おチ×チン、パンパン」

少女もそれなりに昂奮しているのか、いつの間にか頰が上気し、雄々《おお》しい剛槍を瞬《まばた》きもせずに見つめていた。

仰向けの体勢から頭を起こして股間を凝視しているため、首の骨がギシギシと軋《きし》み、全身の筋肉も硬直しはじめる。

今にも足が攣りそうだったが、ここで中断するわけにはいかない。

無尽蔵に噴きだした先走りの液は、スライドのたびにぐっちゅぐっちゅと濁音混じりの抽送音を奏《かな》で、煮え滾《たぎ》る思いは今や器《うつわ》から溢れこぼれる寸前なのだ。

「あ、あ……出そう」

「いいよ、出して」

指腹が雁首をこするたびに内圧が上昇し、達也は臀部を浮かして仰《の》け反《ぞ》った。

「あっ、くっ……イクっ、イックぅっ！」

「きゃっ！」

おちょぼ口に開いた尿道から白濁の噴流がしぶき、一直線に舞いあがる。

一発目は自身の首筋まで跳ね飛び、二発目は放物線を描きながら胸元から腹部に降り注いだ。

「やぁン、何これ？　真っ白だよ」

理紗は甲高い声をあげつつも、指示どおりに手筒のスピードを緩めない。

三発目以降も勢い衰《おとろ》えず、若々しい男根は飽くことなき放出を繰り返す。

放出は七回目を迎えたところでストップし、達也は腰をブルッと震わせたあと、惚《ほう》けた表情から臀部を床に落とした。

「すっごい……達ちゃんのシャツ、ベタベタ。これが、悪いウミなの？」

少女の声が耳に入らず、今はただ陶酔《とうすい》のうねりに身を委《ゆだ》ねるばかりだ。

（し、信じられない……気持ちよさが、自分の指とは全然違う）

肩で息をする最中、理紗は根元から雁首に向かって、肉胴をゆっくり絞りあげた。

「あ、うっ⁉」

「ヤンっ、また出た！」

尿管内の残滓《ざんし》がぴゅんと跳ね飛び、少女がさもうれしげな悲鳴をあげる。

久方ぶりの大放出をたっぷり味わった達也は、ようやく正常な意識を取り戻した。

（あ、あぁ……やっちまった）

本能の命ずるまま、いたいけな幼馴染みを性の世界に導いてしまったのだ。

罪悪感と後悔が同時に押し寄せ、苦渋に満ちた顔つきをするも、初心《うぶ》な少女はいまだにらんらんとした目をペニスに向けていた。

「あ、ホントに小さくなってきた」

欲望の証を一滴残らず放出し、怒張がみるみる頭《こうべ》を垂れていく。

「悪いウミ、まだ残ってるんじゃない？」

納得できないのか、理紗は再び逸物をしごきだし、あまりのくすぐったさに身をよじった。

「あっ、もう大丈夫！　悪いウミは全部出たから！」

「まだ出るかもしれないもん」

「もう出ないって、あああぁっ」

床を掻きむしって悶絶すれば、彼女はペニスから手を離して小鼻を膨らませる。

「くっさぁい……何、この臭い？」

「そ、それは……ウミが、いい匂いするわけないでしょ？」

「それはそうだけど……」

「悪いけど、ティッシュ取ってくれる？」

少女は鼻を手の甲で押さえたまま、片手でティッシュ箱を引き寄せる。

果たして、秘密の約束は守られるのだろうか。

今日の出来事を友香梨に報告されたら、身の破滅を迎えるのは火を見るより明らかなのだ。

「あの……理紗ちゃん」

「ん、何？」

「このことは、絶対に人に話しちゃだめだよ」

身体に付着した精液を拭き取りながら、達也は怯《おび》えた表情で念を押した。

「わかってるって。達ちゃん、私のことが信用できないの？」

「そんなことないけど……」

「それより、手がベトベト……私、洗ってくるから」

「あ……うん」

軽やかな足取りで部屋を出ていく理紗を見つめ、小さな溜め息をつく。

（ふだんと変わらない明るさだし、たぶん……大丈夫だよな？　でも……ホントに気持ちよかった）

達也は身を起こしざま、生臭い精液臭を放つ股間を見下ろした。

すっかり萎えたペニスには、柔らかい指の感触がはっきり残っている。

わずか六歳の女の子に手コキをさせ、獣じみた射精を見せつけてしまった事実は消え失《う》せないのだ。

彼女の態度を目にした限り、さらなる過激な行為も受けいれてくれるのではないか。

（だ、だめだ……そんなこと、できるはずないよ）

よくよく考えてみれば、天真爛漫《てんしんらんまん》な性格だからこそ、うっかり口をすべらせる可能性も否定できない。

再び不安の影が忍び寄り、少年の顔は徐々に青ざめていった。

第二章　聖なる幼蕾

1

何事もなく一週間が過ぎ、例年よりひと足早い梅雨の時期に突入した。

どうやら、理紗は約束を守ってくれたらしい。この七日間は暗澹《あんたん》たる思いをしたが、不安はほぼ拭えたといってもいいだろう。

(あぁ……よかった。二度と、あんなバカなマネはしないぞ)

たとえ相手の合意があっても、十三歳未満の人間に性交等をする行為は犯罪なのである。インターネットから知識を得たときは、あまりの恐怖におののいたものだ。

冷静になればなるほど、自身の愚行《ぐこう》に嫌悪を覚えてしまう。

（でも……先週の出来事は、きっと大人になっても忘れないだろうな。理紗ちゃんが性欲処理させられたことを理解する日は、いつか必ず来るわけだし）

そのとき、彼女は何を思うのだろう。そして、どんな目を向けてくるのか。

考えるたびに、薄れかけていた罪悪感が甦った。

（夕飯まで、あと一時間ぐらいかな。家の中にいると気が滅入《めい》るし、ちょっと散歩でもしてくるか）

ヘッドホンを外し、ベッドから立ちあがりざまステレオの電源をオフにする。机の上のスマホをズボンのポケットに入れたところで、階下から母の声が聞こえた。

「達也！」

「あぁ？　何っ!?」

「ちょっと、下りてらっしゃい！」

「わかった。今、行く！」

何か、買い物でも頼むつもりか。舌打ちしてから部屋をあとにし、階段を駆け下りていくと、三和土《たたき》に置かれた小さな靴が目に入った。

（あ、あれ？　あのピンクのシューズ、確か……）

背筋に悪寒《おかん》が走り、どす黒い不安が押し寄せる。恐るおそるリビングを覗きこむと、母親の真向かいの席に大人の女性と女の子が座っていた。

（り、理紗ちゃん？）

母の顔はやけに険《けわ》しく、背中を向けた少女は俯いている。肩が小刻みに震えて見えるのは、泣いているのだろうか。

（ま、まさか、あの一件……話しちゃったのか？）

顔から血の気が失せ、恐怖心から足が震えた。

できることなら、この場から逃げだしたいと思った。

呆然と立ち尽くすなか、達也の姿を目にした母がしかつめらしい顔で声をかける。

「何やってるの、早くいらっしゃい。理紗ちゃんたち、引っ越すんだって」

「……え？」

想定外の言葉が耳朶《じだ》を打ち、達也は驚きに口を開け放った。

（引っ越すって……どうして）

おそらく理紗と友香梨は、転居の報告をしに我が家を訪問したのだろう。

決して、淫らな行為がバレたのではない。ひとまず安堵《あんど》したものの、唐突な事態に思考が吹き飛び、動揺は少しも収まらなかった。

「達也くん、こんにちは」

「あ、こ、こんにちは」

テーブルを回りこむや、友香梨が儚げな笑みを浮かべる。理紗は顔を伏せたまま、頬が涙で濡れていた。

「ど、どこに引っ越すんですか？」

「……スウェーデンよ」

「えっ!?」

母のとなりの席に腰かけながら、友香梨の言葉に素《す》っ頓狂《とんきょう》な声をあげてしまう。

理紗の父親は祖父の仕事を引き継ぎ、インテリアの貿易商をしている。

父と息子の二代にわたって、来日中に日本の女性を見初《みそ》めて結婚したのだ。

「おじいさんの体調が芳《かんば》しくないみたいで、本社のほうに戻ってほしいって言ってきたのよ」

「いつ……日本を発《た》つんですか？」

「来月の末よ」

「そんなに早く……」

日本を離れてしまえば、そう簡単には会えなくなる。これまで経験したことのない寂寥《せきりょう》感に襲われ、達也は返す言葉もなく呆然とした。

「……残念だわ。友香梨や理紗ちゃんと会えなくなるなんて」

「先輩には、いろいろとお世話になりました」

「こちらこそよ」

「もしかすると、また日本に戻ってくるかもしれませんよ」

「そのときは、うちのとなりに住めばいいわ。今は人が入ってるけど、前もって言ってくれれば空けておくし、家賃もお安くするわよ」

自宅と隣接する持ち家は、祖母が亡くなってから賃貸に出している。

理紗がとなりの家に住めばうれしいのだが、よほどの事態が起きない限り、可能性は限りなくゼロに近いだろう。

母と友香梨の会話をボーッと聞くあいだ、理紗がようやく口を開く。

「……行きたくない。行きたくないよ」

「理紗、その話は何度もしたでしょ?」

「だって、新しい友だちもできたのに……」

降って湧いたような話に、彼女は幼い心を痛めているらしい。

(当然か……近場ならまだしも、外国だもんな)

達也自身も小中学生時代、親の都合でクラスメートが転校していく姿を何度も目《ま》の当たりにしてきた。

そのたびにやるせない気持ちを抱いたが、これはかりはどうしようもないことなのだ。どうしても納得できないのか、理紗は真珠のような涙をはらはらこぼす。

沈黙の時間が流れ、達也自身も重苦しい雰囲気に胸が締めつけられた。

(そうか……あとひと月ほどで、理紗ちゃんと会えなくなるのか)

しんみりする一方、困惑する友香梨を思いやり、懸命に気持ちを切り替える。

「きっと……大丈夫だよ。理紗ちゃんは明るいし、向こうの暮らしにもすぐに慣れると思う」

「達ちゃん、私がいなくなっても平気なの？」

「そ、そりゃ、寂しいけど……」

「でしょ？」

「なあに、永久に離ればなれになるわけじゃないし、いつだって遊びにくればいいじゃないか」

「そんなにしょっちゅう、帰ってこれないもん。日本とスウェーデンの直行便は、ないんだから」

「あ、そうなの……やっぱり、かなり時間かかるんだ？」

「おじいちゃんち、地方にあるから、丸一日はかかるよ」

「……二十四時間かぁ」

元気づけるつもりが、これだけ距離が離れていると、厳しい現実を認識せざるをえない。シュンとしたところで、母が朗らかな声をかけた。

「大きくなって、日本に住みたければ、そのときに帰ってくればいいのよ。おばさん、いつでも相談に乗ってあげるから」

「……ホントに？」

「もちろんよ。そのあいだに外国でいろいろな経験を積んで……理紗ちゃんだったら、きっと魅力的な大人の女性になれるわよ。なんといっても、美人なんだから！」

さすがは年の功《こう》。少女の自尊心をくすぐりつつ、しっかりしたフォローで説得を試《こころ》みる。

理紗はしばし考えこんだあと、小さな声で呟《つぶや》いた。

「……うん、わかった。そうする」

友香梨がホッとした顔を見せる反面、達也は泣きたい心境に駆られた。

先週の出来事がなければ、これほどのショックは受けなかったかもしれない。

まるで、自分だけの大切な宝物を手放したような気持ちに打ちひしがれる。

理紗は無理をして口元をほころばせるも、達也はどうしても笑顔を返せなかった。

(でも……やっぱり、どうすることもできないんだよな)

2

六月下旬の土曜日。

達也は何をしても集中力が続かず、自堕落な日々を送っていた。

リビングで再放送のドラマを観ていても、ストーリーが頭に入ってこない。

引っ越し作業で忙しいのか、あれから理紗とは一度も顔を合わせていなかった。

(日本を離れる日は……四日後か。その前に、家族揃って挨拶に来るんだろうな)

本音を言えば、二人きりの時間を過ごしたかったが、果たして何を話したらいいのか。少女の手筒で放出してしまった光景ばかりが脳裏をよぎり、自分から誘いをかけるのはどうしてもためらわれた。

簡単に会えなくなるという現実が目と鼻の先に差し迫り、内に秘めていたあこぎな感情が噴出する。

(もし、理紗ちゃんと二人だけで会ったら……)

自制心が働かず、獣じみた性欲を幼い肉体にぶつけることが怖かった。

行き場をなくした淫情が体内に蓄積され、怒濤《どとう》のごとく荒れ狂う。

この一カ月、何の前触れもなくペニスが勃起してしまい、そのたびに自慰行為で発散したことも一度や二度ではなかった。

(あの手コキが……きいてるんだ)

脳髄が蕩《とろ》けそうな快感は、忘れようとしても忘れられない。

禁断の果実を味わったことから、今さら自分の手で満足できるはずもなく、少年の性的な好奇心は爆発寸前まで膨らんでいた。

「あぁ、くそっ！　ムラムラする!!」

不本意ではあるが、またもやオナニーで気を鎮《しず》めるしかないのか。

(部屋に戻って、アダルト動画でも観ようかな)

テレビを消したところで玄関のチャイムが鳴り響き、機先《きせん》を削《そ》がれた達也は面倒臭そうな表情でリビングをあとにした。

「はぁい！　どなたですか？」

「達ちゃん？　あたし、理紗」

「……え？」

鈴を転がすような声に胸が騒ぎ、サンダルを引っかけて内鍵を外す。玄関の扉を開くと、青い瞳の少女がにこやかな顔で佇んでいた。

「り、理紗ちゃん。どうして？」

彼女の肩越しに家の外を見やると、車から降りた友香梨が小走りでやってくる。

「達也くん、こんにちは」

「あ、こ、こんにちは」

「先輩……お母さんは？」

「あの、今日は仕事で、もうそろそろ帰ってくる頃だと思いますけど」

「そうか、達也くんはこれから用事あるの？」

「いや、何もないです」

理紗は普段着だが、友香梨はネイビーブルーのスカートスーツを着用している。

忙しそうな態度から察するに、どこかに出かけるのだろうか。

「実はね、理紗を二時間ほど預かってほしいの」

「……へ？」

「夫から連絡があって、急に取引先の社長さんに挨拶することになったのよ。この子も連れていこうとしたんだけど、行きたくないって駄々こねて」

「いいでしょ！　もう会えなくなるんだし、達ちゃんとゆっくり話したかったの」

「そういうわけで、悪いけど面倒見てくれるかしら？」

「え、ええ……それはもう、全然大丈夫です！」

あの一件はもちろんのこと、友香梨はこちらの心の内など知るよしもない。

達也が子供の時分から顔見知りであり、六歳という理紗の年齢を考えれば、すっかり安心しきっているように思えた。

「この子、達ちゃんのファンだから。ごめんなさいね、子守なんかさせちゃって」

母親は身を乗りだして囁《ささや》いたが、娘の耳に届いたらしい。おしゃまな少女は、とたんに頬を膨らませた。

「何よ、子守って！」

「いけない、遅れちゃうわ。それじゃ達也くん！　悪いけど、よろしくね」

「は、はい……わかりました。お気をつけて」

友香梨は言いたいことだけを告げ、息せき切って車に取って返す。

全身の血が沸々《ふつふつ》と滾り、心臓が拍動を打ちはじめた。

本能と理性がしのぎを削り、まがまがしい欲望がみるみる勢力を強めた。

友香梨の車が発進したあとも惚けたまま、睾丸の中のザーメンがうねりだす。

（や、やばい状況……なのかも）

幸か不幸か、思わぬ機会が向こうから飛びこんできたのだ。

「り、理紗ちゃん、それじゃ、うちに入ろうか……あれ？」

すでに少女の姿はなく、勝手知ったる他人の家とばかりに、階段を駆けのぼる姿が目に入る。

プリーツスカートの下から覗く暗がりに、達也は早くも男を奮い立たせていた。

3

（やべっ……チ×ポが、もう半勃ち状態だ）

階段を昇る最中、下着の裏地がペニスにこすれ、自分の意思とは無関係に血液が股間に集中する。

ハーフパンツの中心が小高いテントを張り、達也は困惑げに勃起の位置を直した。

理紗とゆっくり相対する機会は、おそらくこれが最後になるだろう。

淡い期待はどうしても隠せず、踏みだす足が震えてしまう。

達也は友香梨に、ひとつだけ大きな嘘をついた。

母が仕事を終えるのは一時間後であり、早退しない限り、すぐに帰ってくることはないのだ。

(本当のことを言ったら、心配して理紗ちゃんを預けなかったかもしれないもんな)

自室の扉を開けると、理紗は女座りの体勢からゲームに興じていた。

「え……話をしにきたんじゃないの?」

「あぁン、ちょっと待って。このステージだけ、クリアしたいから」

達也は苦笑したあと、彼女のとなりにどっかと腰を落とした。

顔をテレビ画面に向け、横目で少女のプロフィールを盗み見する。

(あぁ……なんてきれいな瞳なんだ。お父さんの目は黒いのに、隔世《かくせい》遺伝というやつかな?)

宝石を思わせる碧眼《へきがん》、長い睫毛、ツルツルの頬にしばしうっとりしたあと、ゆっくり視線を落とせば、こんもりした胸の膨らみにドキリとした。

この日の理紗はぴったりしたTシャツを着ており、身体の稜線《りようせん》がはっきりわかる。

(やっぱり……おっぱい、膨らんでるんだ)

達也はちょこんと突きでたバスト、贅肉のいっさいないウエスト、ふっくらしたヒップを舐めまわすように見つめた。

スカートがずりあがり、もっちりした白い太腿に劣情を催《もよお》す。両足の付け根には、まだ見ぬ少女の花園が息づいているのだ。

昂奮が昂奮を呼び、悪辣《あくらつ》な情欲が微《かす》かに残る理性を蝕《むしば》んだ。肉棒の芯がひりつきだし、痛みを覚えるほど突っ張った。

股間の盛りあがりをさりげなく手で隠しつつ、喉をゴクリと鳴らす。

まだ時間的余裕があるとはいえ、悠長《ゆうちょう》に構えている暇はない。

「り、理紗ちゃん」

身を乗りだしたところで、少女は前を向いたままぽつりと告げた。

「治ったの？」

「……え？」

「腫れてたの」

「う、うん、まあ、その……」

「あ、やぁン、やられちゃった！」

理紗は唇を尖らせたあと、コントローラーを脇に置き、こちらを向いてからねめつけた。

「また変なとこ、押さえてるよね？」

「いや、これは、なんと言ったらいいか……」

「ぶつけたなんて、嘘だったんでしょ」

年端もいかない少女に詰問《きつもん》され、顔すら上げられないのだから情けない。

(どう説明したら、いいんだよ)

上目遣いに様子をうかがうと、理紗は相変わらず険しい視線を投げかけている。端正な顔立ちのせいか、キッとした表情になおさら胸がときめいた。

「ごめん……本当はぶつけたんじゃないんだ」

「なんで嘘ついたの?」

こうなれば、真実を告げるしかなさそうだ。

達也は慎重に言葉を選びつつ、自身の想いをとつとつと語った。

「その……実は……理紗ちゃんには、まだ理解できないかもしれないけど……あの、男って……好きな女の子を前にすると、勝手にああなっちゃうものなんだ」

生まれて初めての告白相手が、まさか六歳の女の子とは……。

羞恥と背徳感から、全身が火の玉のごとく燃えあがる。

「……え?」

よほどびっくりしたのか、理紗は口をぽかんと開け放った。

（あぁ……ついに言っちゃった）

今となっては引き返せず、あとは野となれ山となれだ。

覚悟を決めた達也は居住まいを正し、美少女を見つめながら言葉を続けた。

「理紗ちゃんもカッコいい芸能人とか見ると、胸がキュンとするでしょ？」

「……うん」

「それと同じことで、男の場合はあそこがズキンときて、大きくなっちゃうんだ」

「それじゃ……達ちゃん、私のことが好きだったの？」

「だったじゃなくて、今でも好きなんだよ。だから……理紗ちゃんがスウェーデンに行くって聞いたとき、悲しくて寂しくて本当につらかったんだ」

「うちに、全然来なかったじゃない」

「いろいろと忙しいかなと思って、遠慮してただけだよ。それに……会えば、別れるのが余計につらくなるし」

四日後には離ればなれになる現実が津波のように押し寄せ、目頭が熱くなる。

鼻を啜《すす》りあげると、理紗は口元を歪《ゆが》めて答えた。

「私だって……達ちゃんのこと、好きだよ」

「ホ、ホントに？」

同年代の異性とは告白どころか、まともに口をきいたことすらなかったため、一瞬にして浮かれてしまう。

「すごく優しいし、何でも言うこと聞いてくれるから」

少女が頬を赤らめると、これまで封印してきた感情が一気に溢れだした。

「う、嘘じゃないよね？」

「達ちゃんと違って、あたしは嘘なんてつかないもん」

美しい瞳に見据《みす》えられただけで、もはやまともな思考が働かない。

考えていた言葉が頭から消し飛ぶや、理紗はややためらいがちに問いかけた。

「達ちゃん。私が大きくなったら……結婚してくれる？」

「え、えっ、えええぇぇっ!!」

心臓が口から飛びでそうなほど驚嘆《きょうたん》したが、六歳の女の子が結婚の深い意味を考えているはずがない。

それでも天国に舞いのぼるような喜びに、達也は快哉《かいさい》を叫びそうになった。

もちろん断る理由などあろうはずもなく、震える声で答える。

「う、うん……け、結婚しよう」

「約束だよ」

コクコクと頷いた直後、理紗は目を閉じ、瑞々《みずみず》しい唇を突きだした。

(マ、マジかよっ!?)

艶やかなリップに性本能が刺激されるも、彼女にとって、このキスは結婚を誓い合う神聖な儀式のつもりなのだろう。

(う、生まれて初めてのキス。まさか……理紗ちゃんとすることになるなんて)

生唾を飲みこみ、膝立ちの体勢から細い肩に手を添える。

首筋から香る甘ったるい匂いを嗅いだだけで、牡の紋章がいなないた。

キスの仕方など知るはずもないが、映画やドラマのラブシーンを思いだし、見よう見まねで顔を傾ける。

唇をそっと重ねると、心臓が張り裂けんばかりに高鳴った。

(あ、あぁ……キ、キスしてる。理紗ちゃんの唇、柔らかいよぉ)

ふんわりした感触に陶然《とうぜん》としつつ、息継ぎがうまくできずに鼻の穴を押っ広げる。

ここまで来たら舌を差し入れたいが、ディープキスの知識がないのか、少女は口をぴったり閉じたままだ。

無意識のうちに、達也は右手をバストに伸ばした。

「う、ふぅ」

突然の蛮行《ばんこう》にびっくりしたのか、理紗は閉じていた口を微かに開く。

ここぞとばかりに舌を侵入させれば、ぬちゃっという音に続き、熱い舌の感触に胸がざわついた。

(あ、あ……ディープキスだぁ)

少女は怯んだものの、まだ右肩を摑んでいるため、身を引くことはできない。

唾液がくちゅんと跳ねるや舌を搦《から》め捕り、大口を開けて貪り味わう。

さらには清らかな唾液をじゅっじゅっと啜りあげ、口腔に広がる甘い果実臭を胸いっぱいに吸いこんだ。

(あぁ、おいしい、おいしいよ。おっぱいの感触も、思っていた以上に柔らかいぞ)

シャツ越しの乳房は硬い芯を残していたが、手のひらを押し返す弾力に富んでいる。

力こそ込められなかったが、ブラジャーをつけていないため、乳丘の輪郭もはっきり確認できた。

「ン、ふっ、ふうっ」

さすがに息苦しくなったのか、理紗は眉間に皺を刻んで身をよじる。そして達也の胸を軽く押し、長いキスがようやく途切れた。

「はあ、はあっ」

少女の頰はリンゴのように染まり、おそらく自分も同じ顔をしているに違いない。情熱的なファーストキスに動揺したのか、彼女は指先で自身の唇をなぞりあげる。

「びっくりした。達ちゃん……いきなり舌を入れてくるんだもん」

「お、大人のキスだよ」

「……あ」

すかさず理紗の視線がハーフパンツの中心に向けられ、達也の欲望は限界まで膨れあがった。

「また大きくなってる」

「そうだよ。勃起って言うんだ」

「……ボッキ？」

「おチ×チンが、大きくなる現象だよ。理紗ちゃんのことが好きだから、こうなるんだ……あ、うっ」

少女は両手を伸ばし、三角形の突っ張りを優しく包みこむ。手のひらを添えているだけなのに、快感のパルスが身を焦がし、射精願望が急上昇のベクトルを描いた。

「あ、く、くうっ」

「すごい……おっきくなって、コチコチ」

理紗は脇目も振らずに膨らみを注視し、目を輝かせる。

「おっ、おっ」

「ねえ……達ちゃん」

「はあ、はあ……え？」

「このあいだ出したの、何？」

手コキだけにとどまらず、少女の前で大量のザーメンを放出してしまった出来事が甦る。

「あれ、ウミなんかじゃないよね？」

精子の説明をしたところで、果たして理解できるかどうか。もちろん、一から性教育をしている余裕などあるはずもない。

「あ、あの……お、おおっ」

少女は答えを聞くことなくハーフパンツの腰紐をほどき、心臓がドラムロールのごとく鳴り響いた。

(も、もしかして……エッチまでいけるんじゃ)

常識的に考えれば、六歳の少女と結合できるはずもないのだが、彼女の積極的な所為が冷静な判断を奪う。

達也の目は完全に据わり、今や一匹の野獣と化していた。

4

「達ちゃん、パンツ脱いで」

「う、うん」

羞恥から顔を火照《ほて》らせるも、性欲本能には敵わない。達也はいったん立ちあがり、ハーフパンツの上縁に手を添えた。

(はあはあ、理紗ちゃんに、またチ×ポを見せるんだ)

みだりがましい状況に情欲がそそられ、ペニスが臨界点まで膨張する。

紺色の布地をトランクスごと引き下ろすと、赤黒い怒張がジャックナイフのように跳ねあがった。

「ヤンっ!」

美少女の目の前でビンビンになる肉棒は、自分の目から見ても、おどろおどろしい様相を呈《てい》している。

包皮は早くも捲れかかり、亀頭冠が照明の光を反射してテラテラと輝いた。

「はあ、ふう、はあっ」

懸命に息を整えようにも、荒ぶる淫情は少しも衰えない。理紗は目を丸くしたものの、好奇心は隠せないのか、身を乗りだして剛直を見つめた。

（あぁ、理紗ちゃんの息が……）

この日は朝から蒸し暑く、汗臭くないか心配してしまう。

少女はしばし間を置いたあと、右手の人差し指を宝冠部に伸ばした。

「あ、うっ！」

鈴口をスッと撫でられ、凄まじい快感電流に腰がぶるっと震える。すでに尿管から滲《にじ》みでていた前触れ液が、指先とのあいだでツツッと透明な糸を引いた。

「やっぱり……ネバネバしてる。あのね……」

「はあ、ふうっ……ん？」

「私も……同じものが出てたの」

「……え？」

声が小さくて、よく聞き取れない。怪訝な表情を見せると、理紗は恥ずかしげに答えた。

「この前……家に帰ってトイレに行ったら、パンティにこれと同じようなものがついてたの」

唐突な告白に、達也は目を丸くした。

彼女は手コキをしながら、あそこからはしたない淫液を溢れさせていたのだ。

(昴奮……してたんだ。知らなかった、こんな小さな女の子でも濡れるなんて)

驚きに惚けていると、理紗は弱々しい声で問いかけた。

「あたしも……出るの？」

「へ？」

「白いおしっこ」

少女の不安げな様子を前に、苦笑を洩《も》らす。

達也は首を横に振り、穏やかな口調で男女の性の違いを簡潔に説明した。

「ネバネバした液体は、男も女も出るものなんだ。白いものは精子といって、赤ちゃんの素《もと》になるものだよ」

「ええっ!?」

「あれがお母さんの体内に入って、赤ちゃんになるんだ」

「うっそぉ……達ちゃん、また嘘ついてるでしょ？」

「嘘なんかじゃないよ。もっと大きくなったら、わかると思うけど」

「ふうん……なんか、ピンとこないけど」

「でね……」

口の中に溜まった唾を飲みこみ、言葉を重ねる。

「このネバネバの汁って、好き合ってると、出てくるものなんだよ」

「じゃ、あたしたち、好き合ってるってことなんだ？」

「そうだよ。結婚を誓ったカップルはね、これをペロペロ舐め合うんだ」

意味が理解できなかったのか、きょとんとする理紗に、達也は顔を迫《せ》りだして畳みかけた。

「あそこも見せ合わなきゃ、いけないいんだよ」

「ひょっとして……おチ×チンを舐めるってこと？」

少女は眉根を寄せ、初めて嫌悪感を露《あらわ》にする。六歳という年齢を考えれば、手コキまでが限界なのかもしれない。

「そんなの、やだ」

少女が憮然《ぶぜん》とすると、達也は慌てて妥協案を提示した。

「も、もちろん、それは大人になってからで、理紗ちゃんはまだ子供だから無理だよ。で……どうかな？　触りっこするのは」

「……子供じゃないもん」

「え？」

「あたしだって、すぐに大人になるんだから」

おませな少女は自意識がよほど強いのか、子供扱いされたことで自尊心が傷ついたらしい。何を思ったのか、立ちあがりざま、半身の体勢からスカートの下に手を潜りこませた。

（……え？）

水玉模様のパンティが太腿の上をするする下りてくると、自分からきっかけを作ったにもかかわらず戸惑ってしまう。

理紗は足首から抜き取ったパンティを放り投げ、目尻を吊りあげて睨みつけた。

（ひっ、こわっ！）

子供とはいえ、美形なだけに迫力がある。それでも羞恥心は拭えないのか、頬を染めたまま、足が微かに震えていた。

「あたしたち、結婚するんだもんね？」

「う、うん！　絶対の絶対だよ」

「じゃ、達ちゃんの好きなようにしていいよ」

腹を括《くく》ったのか、彼女ははっきりした声で告げ、ベッドに腰かけた。

目を伏せて肩を窄《すぼ》める仕草が、男の庇護欲《ひごよく》をそそらせる。すぐにでもスカートを捲りあげ、いたいけな秘芯を目に焼きつけたかったが、いざとなると気後れした。

（強引なことして泣きだしたら、嫌われちゃうかも）

理紗は四日後に日本を離れ、遠い異国の地に行ってしまう。

いつ会えるという保証はないのだから、嫌われてもいいではないか。

もう一人の自分が囁きかけるも、どうしてもあこぎな行動に移せない。

（やっぱり、無茶なことはできそうにないよ。でも……触るぐらいなら）

薄れかけていた理性を手繰り寄せた達也は、下腹部を剥きだしにしたまま、彼女のとなりに腰を下ろした。

肩を抱き寄せ、ふるふると揺れる唇に吸いつき、ミカンのひと房を思わせる弾力感を貪り味わう。

理紗は拒絶することなく、小鳥が餌を啄《ついば》むようなキスで返した。

「あ、ン、ふぅ」

くぐもった声が鼻から洩れるたびに、情欲がまたもや上昇気流に乗りはじめる。

達也は背中から腰を優しく撫でまわしたあと、スカートの裾に手をくぐらせた。

湿っぽい空気と熱気が手を包みこみ、大いなる期待に背筋がゾクリとする。

（あ……なんて、すべすべした肌なんだ）

太腿の感触は手のひらに吸いつくほどなめらかで、いやが上にも性欲本能が揺さぶられた。

肝心要《かんじんかなめ》の箇所に向かって、指先を内腿沿いにゆっくり這《は》わせていく。薄目で様子をうかがえば、カールした睫毛がピクピク震え、無理をしているのは明らかだ。

（まだ六歳じゃ、理解して受けいれてるわけないもんな）

それでも性的な好奇心は消え失せず、中止という気はさらさら起きなかった。

指が花園に近づくごとに細い肩が震えだし、両足に力が込められる。

（あ、あと、もう少しだ）

太腿が狭まると同時に、指先が股の付け根に潜りこみ、熱い潤みがにちゃと淫らな音を奏でた。

（……え⁉）

陰唇らしき肉帯の感触はなかったが、ぬるりとした液体は紛《まぎ》れもなく愛液だろう。

キスだけでも、初心な少女は淫液を湧出《ゆうしゅつ》させていたのだ。

中指の裏側を凝脂の谷間にはめこみ、スリット上をゆったり撫でつければ、抵抗感は瞬く間に失せ、軽やかな抽送へと移行した。

「ふっ、ふっ、ンっ」

腰が微かにくねりだし、途切れ途切れの甘い声音《こわね》が鼓膜を揺らす。

拒絶からの振る舞いなのか、それとも感じているのか。

心の内までは推し量《はか》れず、達也は一心不乱に指先をスライドさせた。

(信じられない……愛液がどんどん溢れてくる。あっ……)

理紗の頬がみるみる赤らみ、熱い息が口中に何度も吹きこまれる。

身悶える姿は快感を得ているとしか思えず、獣欲モードに再び突入した。

幼い女の子でも、クリットがいちばん気持ちいいのだろうか。

確かめたくなった達也は中指を上方に移動し、スリットの頂点を丹念に弄《まさぐ》った。

(このへんのはずだよな。あれ……どこにあるんだ?)

陰核は秘裂の奥に隠れているのか、なかなか掘り起こせない。

くるくると回転させるように指先を蠢《うごめ》かせれば、ぷっくり膨れた突起をようやくとらえる。

(た、たぶん、これがクリトリスだ!)

ちょんちょんとつつくと、理紗は眉をハの字に下げて身を反らした。

手が両内腿に強く挟まれるも、指先の動きを制するまでには至らず、躍起《やっき》になっていじりまわす。

「ン、ふうっ！」

やがて息苦しくなったのか、少女は自ら唇をほどき、泣きそうな顔で呟いた。

「あ、ン……達ちゃん、だ、だめっ」

「どうして、だめなの？」

「そ、それは……ン、ン、ン、はぁぁ」

指先に力を込め、肉粒をここぞとばかりにくにくにこねる。

理紗は小さな喘ぎを盛《さか》んに洩らしたあと、脱力しながら目をとろんとさせた。

背中を左手で押さえ、不埒《ふらち》な指技で少女の性感をあおれば、両足が徐々に開きはじめる。

「はっ、はっ、はぁぁっ」

視線が虚空《こくう》をさまよい、半開きの口から切羽詰まった声が放たれた。顔は耳たぶまで真っ赤に染まり、小高い胸の膨らみが熱く息づいた。

達也の性感もうなぎのぼりに上昇し、鈴割れから我慢汁がしとどに溢れだす。

「あぁ、あぁ……いい、気持ちいいよぉ」

可憐な唇のあわいから悦の声が聞こえた瞬間、性の悦びに身が打ち震えた。

射精願望は限界に達し、いつ発射してもおかしくはないのだ。

(ああ、見たい！　理紗ちゃんのおマ×コを見たいっ!!)

もはや理性は少しも働かず、凶悪な本能だけに衝《つ》き動かされる。

達也は理紗を仰向けに寝かせ、クリトリスをくじりながらベッドから下りた。

肉悦に浸《ひた》っている間隙《かんげき》を縫い、スカートを捲りあげ、未発達な恥芯を剝きだしにさせる。

(お、おマ×コだっ!!)

生まれて初めて目の当たりにした女性器は、童貞少年に峻烈な衝撃を与えた。

もちろん、恥毛は一本も生えていない。のっぺりした肉土手に続き、中心に刻まれた簡素な縦筋、色素沈着のいっさいない桃色の肌質が目に映《は》える。

(あぁ、おさねが飛びでてる！)

苛烈《かれつ》な指技が功を奏したのか、貝の具さながら、コーラルピンクの小陰唇が割れ目からちょこんと顔を覗かせていた。

「はあはあはあっ」

あまりの昂奮に息が荒くなり、全身の血が煮え滾る。

クリットから手を離した達也はすらりとした足を左右に広げ、誘蛾灯《ゆうがとう》に引き寄せられる羽虫のように顔を近づけた。

ムワッとした熱気と乳酪臭に鼻をひくつかせたものの、荒ぶる淫情は止まらない。

両の指でスリットを押し開き、今度は紅色の内粘膜をさらけ出す。

血眼《ちまなこ》になって覗きこめば、とろとろの肉塊がひしめき合い、狭間から濁った汁が滾々《こんこん》と溢れでた。同時に肉帽子が剝きあがり、半透明な肉芽も顔を現す。

達也はためらうことなく、芳醇な香りを発する女陰に唇を寄せていった。

(お、おうっ!)

縦筋をペロッと舐めあげれば、プルーンにも似た甘酸っぱい味覚に舌がピリリと痺れる。

今度は大口を開けてかぶりつき、恥裂にまとわりつく淫液をじゅるると啜った。

「は、ふンっ」

色っぽい声をあげる少女をよそに、舌を若芽の上で跳ね躍らせる。

(ああ、俺、今……理紗ちゃんのおマ×コを舐めてるんだ!)

幼女でも牝のフェロモンを発しているのか、ムンムンとしたかぐわしい芳香が鼻腔を燻《いぶ》し、睾丸の中の精液が暴れまくる。

「あ、だめっ……達ちゃん、そんなとこ……汚いよぉ」

美少女の身体に、汚い場所などあろうものか。

膝の裏に手を添え、足をM字に開くと、膣口がティアドロップ形に開いた。

(おおっ、おマ×コの中が丸見えだ！)

とば口こそ狭かったが、膣の奥はサンゴにも似た肉塊が生き物のようにうねり、とろとろの蜜液がジュワッと滲みでる。

(膣の中って、こんなになってるんだ。すごいや)

決して美しい造形ではなかったが、見つめているだけで胸が騒ぐのはなぜなのだろう。美貌とのギャップが、より大きな昂奮を促すのか。

(でも……入り口がこんなに狭いんじゃ、チ×ポを挿入するのは無理だよな)

悔しげに唇を嚙むも、牡の淫情はリミッターを振り切ったままなのだ。とにもかくにも達也は口を窄め、飢えた獣のごとく女芯を貪った。

「あぁン、やあぁぁっ」

少女はか細い声をあげつつ、腰を揺すりあげる。快楽に抗《あらが》えないのか、身をひくつかせたまま、目元をねっとり紅潮させた姿がなんとも悩ましかった。

(この様子だと、口だけでイカせられるんじゃないか？)

やる気を漲《みなぎ》らせ、頂点の若芽とはみでた陰唇を口中に引きこんで吸いたてる。

「……ひっ！」

理紗は小さな悲鳴をあげたあと、眉をくしゃりと歪め、背中を弓なりに反らした。

「あっ、あっ、あっ」

鼠蹊部《そけいぶ》の筋がピンと浮き、薄い皮膚が小刻みな痙攣を開始する。やがて恥骨をぶるっと震わせ、両足の爪先を内側に湾曲《わんきょく》させた。

「く、ふうっ」

少女は切なげに喘いで身体の動きを止め、その後はいくら肉芽を舐《ねぶ》っても反応は示さなかった。

(え、ひょっとして……)

半信半疑で顔を上げれば、理紗は目を閉じ、うっとりした顔をしている。絶頂に導いた確信は得られなかったが、もはやいらぬことを考えている余裕はない。

達也はTシャツを脱ぎ捨てて全裸になると、立ちあがりざま肉棒を握りしめた。

「……理紗ちゃん」

「う、ううンっ」

いまだに夢見心地の少女を抱き起こし、目の前に怒張を突きつける。

「はああ、な、舐めて……俺がやったようにするんだよ」

正常な思考が働かないのか、理紗は何も答えず、焦点の合わない目を反り勃つ肉棒に向けた。

ふにふにした指がペニスに絡みついただけで、快美から総身が粟立《あわだ》つ。

(むおっ！　我慢だ、我慢だぁ)

達也は丹田に力を込め、射精を堪えてから次の指示を出した。

「つ、唾を、たくさん垂らして」

少女は唇を窄めて唾液を滴《したた》らせ、とろりとした粘液が宝冠部を包みこんでいく。

とたんにふたつの肉玉がクンと持ちあがり、樹液が射出口に集中した。

「むふっ！」

両膝がわななき、あまりの昂奮に息をすることすらままならない。頭に血が昇りすぎて、少しでも油断すれば卒倒してしまいそうだ。

極限を超えた膨張率から包皮が剝け、テカテカしたグランスが完全露出した。

「理紗ちゃん、ソフトクリーム好きだろ？　あんな感じでペロペロ舐めるんだよ」

わかっているのかいないのか、少女は表情を変えぬまま舌を突きだす。そしてややためらいがちに、前触れ液でぬらついた鈴口をそっと掃《は》き嬲《なぶ》った。

「く、ふぅぅっ」

「しょっぱくて……苦い」

理紗が初めて困惑し、掠《かす》れた声で感想を述べる。

「も、もっと舐めて」

切なげな顔で哀願《あいがん》すれば、彼女は再び舌を差しだし、先端から縫い目までまんべんなく舐めまわした。

「今度は……お口に咥えてごらん」

「えっ、こんな大きいの……入らないよ」

「できるとこまでで、いいから」

少女の脳はスポンジのように柔らかく、どんな要求でも受けいれてくれるのだから、悪辣な欲望はますます募《つの》るばかりだ。

ふっくらした唇が唾液にまみれ、キラキラした光沢がエロチシズムを醸《かも》しだした。

小さな口の中に男根を押しこんだら、どれほどの快美を与えられるのか。考えただけで、ワクワクしてしまう。

「ふうふう……さ、早く」

荒い息を吐きながらせっつくと、理紗は唇を微かに開き、亀頭冠にチュッと吸いついた。

温かい粘膜がへばりつき、心臓がドクンと拍動する。

「そのまま……ゆっくり入れるんだ。歯は立てちゃだめだよ」

少女は言われるがまま口を開け、怒張を恐るおそる呑みこんでいった。

「お、おおっ」

ぺこんとへこんだ頬、捲れあがった唇が猛烈な淫情をそそらせるも、さすがに根元までは咥えこめない。理紗は雁首の下で顔の動きを止め、眉間に縦皺を刻んだ。

「ンンっ……ぷふっ」

「吐きだしちゃ、だめだよ。咥えたまま顔を前後に振って、おチ×チンを唇でしごくんだ」

裏返った声でレクチャーした直後、彼女は小鼻を膨らませつつ、たどたどしいスライドを開始した。

「ん、お、おおっ」

ぬるぬるの口腔粘膜と柔らかい唇の裏側が、肉胴の表面をゆったり往復する。

ファーストキスに続いてのフェラチオは、達也にこの世のものとは思えぬ快楽を与えた。

ペニスを咥えこむ美少女の容貌、ぬっくりした感触にペニスは今にも蕩けそうだ。

(あ、あ……いい、すげえ気持ちいい)

剛槍を吐きださせぬよう、小さな頭に手を軽く添え、自ら腰を蠢動《しゅんどう》させる。

「ぶ、ぶふっ、ぷふうっ！」

理紗が苦しげな声をあげるなか、青筋が脈動し、牡茎がパンパンに張りつめた。

口唇の端から涎が滴り落ち、ねとついた感触がスムーズな抽送をより高めた。

(や、やばい、このままイッちゃうかも)

肉悦のタイフーンに翻弄されながらも、さすがに口内や顔面に射精するわけにはいかず、どうしたものかと思案する。

できることなら、処女の花を散らしたいという本音は消え失せないのである。

あれこれと考えているうちに下腹部全体が浮遊感に包まれ、またもや女芯を舐めまわしたい欲求に駆られた。

(そ、そうだ！　シックスナインだ！　あの体勢なら、互いに気持ちよくなれるぞ)

突然閃《ひらめ》いたアイデアに狂喜乱舞した達也は、さっそく口から肉棒を引き抜いた。

「ぷふぁぁっ……けほっ！」

よほど苦しかったのか、理紗は胸に手を添え、俯き加減から激しく噎《む》せる。ペニスは今や鉄の棒と化し、大量の唾液で妖しく照り輝いている状態だ。

「理紗ちゃん、服、脱いじゃおう」

「……え？」

返答を聞く余裕もなく、キャミソールタイプのシャツを捲りあげる。

「や、やンっ」

ライトブルーの布地を頭から抜き取ると、甘食形の乳房が目をスパークさせた。

（お、おおっ！　やっぱり、おっぱいが膨れてる！　乳首も、ピンとしこり勃ってるじゃないかっ!!）

理紗は慌てて胸を腕で隠したものの、可憐な膨らみに気を昂らせた達也は、急遽予定を変更した。

「ちょっと待って……少しだけ、腰を上げてくれるかな」

逸《はや》る気持ちを抑えつつ、ブランケットを捲りあげ、白いシーツをポンポン叩く。

「横に寝てくれる？」

「……うん」

今度は何をされるのか、少女は不安な表情を見せるも、胸を手で隠したままベッドに寝そべる。

達也は上から覆い被さり、細い首筋から鎖骨を犬のように舐めたてた。

「あンっ、くすぐったいよぉ」

砂糖菓子にも似た甘い匂いを堪能し、乳房に向かって徐々に舌を下ろしていく。

「あ、だめっ」

理紗は困惑げに身をよじったものの、指の隙間から侵入させた舌は乳頭をすぐさまとらえた。

「はっ、ンうっ！」

しなやかな肉体が電流を流したかのようにひくつき、力が抜け落ちる。同時に股間に手を伸ばし、クリットを優しく爪弾《つまび》いた。

「あ、やっ、ンぅぅっ」

理紗の様子を探りつつ、性感帯にねちっこい愛撫を繰り返す。やがて青い瞳はまたもやとろんとしだし、小高いバストが緩やかに波打ちはじめた。

「あ、ああっ」

「気持ちいい？」

「いい、気持ちいいよぉ」

「おチ×チン、またしゃぶってくれる？」

「やぁン」

さらなる快美に浸りたいのか、理紗は首を小さく振ったあと、太腿をぶるぶる震わせ、恥骨を小さく上下させた。

果たして、またもや性の頂《いただき》にのぼりつめるのか。

「あ、ンっ、ンっ、ンぅうっ」

真剣な表情で見つめていると、少女は顎を突きあげ、腰を大きくわななかせた。

思惑どおりに二度目の絶頂に導き、チャンスとばかりにベッドに仰向けに寝転ぶ。

そして華奢な肩を揺らし、囁き声で呼びかけた。

「理紗ちゃん、理紗ちゃん」

「……ンっ」

快楽の余韻《よいん》に浸っているのか、恍惚《こうこつ》とした顔つきが悩ましすぎる。

「起きて、俺の身体を跨いでくれる？」

「……え？」

「逆向きの体勢から、俺の顔を跨ぐんだ」

理紗はゆっくり身を起こしたものの、指示が理解できなかったのか、ぼんやりした眼差しを向けるばかりだ。

待ちきれずにむちっとした右太腿を鷲摑み、強引に引っ張れば、あっという小さな悲鳴が洩れ聞こえた。

強引に顔を跨がせ、シックスナインの体勢をしっかり固定させる。

「やぁン……こんなの、恥ずかしいよ」

「俺だって、恥ずかしいんだからね」

ニタリ顔で告げてから股の付け根に視線を注ぐと、初々《ういうい》しい女花はすっかりほころんでいた。

小振りなヒップは、まさに水蜜桃のごとし。ぱっくり開いた処女の花は全体が充血し、薄桃色の大陰唇と鼠蹊部が神々《こうごう》しい輝きを放つ。

(あぁ……ホントにきれい。なんて美しいんだ)

花園に誘われるミツバチのように、達也は唇を寄せてかぶりついた。

「ひぃ……ンっ」

ピクンと震えるヒップを抱えこみ、無我夢中で舌を乱舞させる。さらには秘裂から滴る淫液を喉の奥に流しこみ、舌先で若芽をつついてこねまわした。

「あっ、やンっ、だめ、あはぁンっ」

少女のかわいい喘ぎ声と反応が、少年の蒼い欲望を何度も甦らせるのだ。

やはりクリトリスがいちばん感じるのか、しこり勃った肉粒を集中的に攻めたてれば、嬌声《きょうせい》がいちだんと高みを帯《お》びていく。

「あぁぁン、あぁぁン！　やぁぁあっ！」

やがてペニスにぬるりとした感触が走り、続いて巨大な快楽が襲いかかった。

「ん、むっ！」

理紗は肉悦から少しでも気を逸《そ》らそうと、男根にむしゃぶりついたらしい。柔らかい唇とぬっくりした口腔粘膜が肉筒にへばりつき、浮遊感が下腹部を包みこむ。

「ンふっ、ぷふっ、ンンぅっ」

ぎこちない動きではあったが、自ら顔を打ち振り、懸命な奉仕を繰り返す少女がたまらなく愛おしかった。

胸が感動で熱くなり、心の底から結ばれたいと思った。

結婚の約束をしたとはいえ、外国へ移住すれば、万にひとつの可能性もなくなるだろう。たとえ望みが叶えられなくても、少しでも確かなものを彼女の肉体に刻みこんでおきたい。

理紗は絶世の美少女だけに、年頃になれば男が放っておくはずもなく、自分だけのものにしておきたいという執着心も芽生えだす。

（ああ、抱きたい、理紗ちゃんとひとつになりたいっ！）

ついに決断した達也は身を起こし、理紗の腰を横から押して仰向けにさせた。

「きゃっ」

両足を大股開きさせ、いたいけなつぼみを露にさせる。

「……やン」

羞恥に身をくねらせる少女は、これから起こる事態をまったく予期していないはずだ。ぎらついた目を女花に注ぎ、鋼の蛮刀を握りこんで腰を繰りだす。

果たして、狭隘《きょうあい》な膣道は隆々《りゅうりゅう》と漲るペニスを受けいれられるのか。

不安が頭をよぎるも、牡の情欲は沸点を飛び越えて噴きこぼれ、達也は鋭い目つきから亀頭の先端を割れ目にあてがった。

（や、やるんだ……理紗ちゃんのおマ×コに、チ×ポを挿れるんだ）

訝しむ少女を一瞥《いちべつ》し、腰を慎重に押し進める。次の瞬間、膣口は肉刀の切っ先を押し返し、唾液と愛液にまみれたスリットを上すべりした。

（……あっ⁉）

裏茎が肉帯と肉芽をこすりあげ、同時に青白い性電流が脊髄を駆け抜ける。

「あンっ！」

「むおっ！」

牡の証が睾丸の中でうねりくねり、射出口を激しくノックした。

必死の形相で堪えたものの、灼熱《しゃくねつ》の溶岩流は輸精管を光の速さで突っ走る。

「お、おお、おおぉぉっ！」

おちょぼ口に開いた鈴口からザーメンが速射砲のごとく射出し、一発目は少女の口元に、二発目は首筋、三発目は乳房の上に跳ね飛んだ。

「やぁっ!?」

理紗は悲鳴をあげ、しなやかな肉体をバウンドさせる。そのあいだも精液はとどまることを知らずに放たれ、なめらかな肌を乳白色に染めていった。

「はあはあっ、はあぁぁっ」

吐精は八回を迎えたところでストップし、毛穴から大量の汗が噴きだす。

彼女は目を閉じたまま、ピクリとも動かない。

（あぁ……や、やっちまった）

達也は呆然としたまま、凄艶《せいえん》ともいえる美少女の姿をいつまでも見下ろしていた。

第三章　奇跡的な再会

1

　六年後、達也はとなりの県にある大学に進学し、バイト生活をしながら一人暮らしをしていた。

　キャンパスライフを謳歌《おうか》しているといえば聞こえはいいが、仲のいい友だちは少なく、ガールフレンドは一人もいない。

　異性との交際は一度もなく、三年生になっても童貞のまま。古い木造アパートの自室に帰るたびに、深い溜め息をこぼした。

（あぁ……童貞で大学を卒業するのかよ。顔はそんなに悪くないと思うけど）

姿見を覗きこみ、思わず顔をしかめる。

もともと社交性に欠ける性格に加え、高校の三年間、達也の背は一センチしか伸びず、一六二センチの身長がさらなる劣等感を与えていた。

大学進学を機に根暗な自分を変えようと思ったのだが、女の子を前にすると緊張してしまい、言葉がまったく出てこなくなる。

この状況では恋人ができるはずもなく、性欲は自家発電で発散するしかなかった。

(理紗ちゃんなら、全然平気だったのに……あぁ、今頃どうしてるかな)

あの日の出来事を思いだし、臍《ほぞ》をかんだことは一度や二度ではない。

精液を顔にかけられたことがショックだったのか、少女はシクシク泣きだし、とても二度目の情交を迫る雰囲気ではなかったのだ。

母が帰宅する時間も差し迫っていたため、濡れタオルで身体に付着したザーメンを拭き取ることしかできなかった。

(あんなとこで暴発しなければ、童貞を捨てていたかもしれないのに。でも……)

冷静になれば、やはり六歳の女の子とのセックスは不可能としか思えない。

たとえ結合に成功したとしても、破瓜《はか》の痛みから泣きじゃくるのは目に見えており、断念したのは正しい選択だったとはっきり言える。

それでも逃した魚は大きく、いにしえの体験を思い返しては悶々とした。

（理紗ちゃん……今年の春から中学生になるんだよな。誕生日は九月だから、今は十二歳か）

いったい、どんな少女に成長しているのだろう。

澄んだ青い瞳、さらさらの髪、ふっくらした赤い唇。フランス人形を思わせる容姿から推し量るに、絶世の美少女になっているのは間違いない。

残念ながら、理紗はスマホを所持していなかったため、交流は二度の手紙のやり取りでついえてしまった。

高校三年のとき、友香梨とともに里帰りし、自宅を訪れたらしいのだが、修学旅行の期間中だったため、再会は叶わなかったのだ。

（母さんの話だと、背が伸びて、きれいになってたと言ってたけど……）

会いたいという気持ちは失せなかったが、今の冴《さ》えない自分を見たら幻滅するかもしれない。

新天地での生活は、様々な苦労もあるのだろう。友香梨からの連絡も途絶えたらしく、母とのあいだで彼女らの話題が出ることもなくなっていた。

「もう……二度と会えないのかなぁ」

達也自身も来月には四年に進級し、人生の岐路《きろ》に立たされることになる。

(田舎じゃ、ろくな働き口はないし、いっそのこと東京に出てみようか。でも、母さんを一人だけにしておくのは心苦しいし……どうしたもんかな)

腕組みをして唸《うな》った瞬間、軽快な着信音が鳴り響いた。

「あ、母さんだ」

スマホを手に取り、受話器とスピーカーのマークをタップする。

『達也？』

「どうしたの？　先週、電話したばかりじゃん」

『あんた、いつ帰ってくるの？　アパート、引き払うんでしょ？』

「だから、言ったじゃん。試験の結果が出て、残ってる単位が少なければ、そっちに帰るって」

『それは、聞いたんだけどさ……』

含みのある言い方に、達也は眉をひそめた。

「なんだよ、はっきり言いなよ……何か、あったの？」

『うん、実はね……理紗ちゃんたちが、日本に帰ってくるんだって』

「えっ!?」

母の言葉が信じられず、聞き間違えかと思ってしまう。

「り、理紗ちゃんって、あの理紗ちゃんだよね？」

『そうよ、何言ってんの』

「いつ、帰ってくるの？」

『再来週には、帰ってくるって言ってたわ』

「ずいぶん、急じゃない？」

『それがね……離婚したみたい』

「り、離婚って……つまり、理紗ちゃんと友香梨さんだけが帰国するってこと？」

スウェーデンの生活が肌に合わなかったのか、それとも夫婦のあいだで何かしらの問題が発生したのか。

いずれにしても、友香梨が懊悩《おうのう》の日々を過ごしていたのなら、連絡が途絶えた理由も頷けるというものだ。

『詳しいことはわからないけど、そうらしいのよ。それでね、ほら、うちの持ち家、ちょうど空いたところでしょ？　その話をしたら、そこに住めないかって』

「えええぇぇっ!?」

まさに二度びっくり、素っ頓狂な声をあげた達也は茫然《ぼうぜん》自失《じしつ》した。

『実家のほうは、友香梨のお兄さん夫婦が住んでるから無理みたい。住居を決めなきゃ、どうしようもないものね。仕事は、また看護師として働くつもりらしいわ』

言葉を続ける母の声は、もう耳に入らない。

(か、帰ってくる？　理紗ちゃんが？　マ、マジかよ……)

果たして、少女は過去の出来事を覚えているのだろうか。

うれしさと不安が同時に押し寄せ、身体がぶるぶる震えだす。

『ちょっと、達也……聞いてるの？』

童貞青年は部屋の中央に突っ立ったまま、口をあんぐり開けていた。

2

二週間後の三月下旬。

実家に戻った達也は、そわそわと落ち着きなく肩を揺すった。

今日は、理紗と友香梨が挨拶に訪れる日なのだ。

再会の喜びは二十パーセント、残りの八十パーセントは恐怖心にも似た気持ちに占められている。

（……怖いな。あの日のこと、絶対に覚えてるはずだし）

彼女は自分との約束を守り、破廉恥な行為を秘密にしてくれた。

感謝の意を表すると同時に、罪悪感が津波のように押し寄せてくる。

本来なら真っ先に謝罪するべきなのだろうが、わざわざあの日の出来事を思いださせるのも気が引け、どんな対応をしたらいいのか困惑するばかりだった。

（あのときは、どうかしてたんだ……あぁ、どんな顔をして会ったらいいんだよ）

手に汗握った直後、玄関のチャイムが鳴り響き、緊張が最高潮に達する。

耳を澄ませば、玄関口で母の甲高い声が聞こえ、友香梨らしい女性の声が微かに聞こえてきた。

（ま、間違いなく……理紗ちゃんたちだよな）

足が震え、喉がカラカラに渇く。

「達也！　理紗ちゃんが来たわよ!!」

「は、は、はい」

母の呼びかけに返答したものの、不安から大きな声を出せない。足も竦《すく》んで動かず、心臓の音が自分でもわかるほど高鳴った。

（い、行かなきゃ……となりの家に住むなら、会わないわけにはいかないんだし）

深呼吸を繰り返し、なんとか気を鎮めたところで思わぬ出来事が起こった。

階段を昇ってくる足音が聞こえ、続いて部屋の扉がノックされたのである。

「……あ」

「達ちゃん？　私……理紗」

「あ、あ、ど、どうぞ」

反射的に答えれば、ドアノブがくるりと回り、扉がゆっくり開かれる。

少女の姿が目に入ったとたん、再会の喜びと恐怖心のパーセンテージは一瞬にしてひっくり返った。

「……達ちゃん」

「り、理紗ちゃん？」

紺色のワンピースに身を包んだ彼女は、予想以上の変貌《へんぼう》ぶりを遂げていた。

身長は自分と同じ、いや、高いのではないか。

丸い顔はやや面長《おもなが》になり、前方に突きでたバストが目をスパークさせる。腰の位置がやけに高く、長い美脚が胸をときめかせた。

キラキラと輝く青い瞳、抜けるように白い肌こそ変わらなかったが、外見だけなら女子高生としか思えず、とても十二歳には見えない。

今の理紗を前にしたら、人気絶頂のトップアイドルでも霞《かす》んでしまうだろう。

(う、嘘だろ？　いくらなんでも、こんなに成長するなんて……)

みすぼらしい自分と比べたら、とても釣り合いが取れるとは思えなかった。

やるせない心境に駆られた刹那、少女は駆け寄りざま、ひしと抱きつく。

「……あっ」

「達ちゃん、久しぶり！」

「あ、あ……」

胸の膨らみが押しつけられ、ふっくらした感触に浮き足だった。

反射的に腰を引いたものの、今度はロングヘアと首筋から甘い芳香が漂い、男の分身がズボンの下で重みを増した。

「ちょっ……り、理紗ちゃん」

「あ、ごめん……つい昔の癖が出ちゃって」

理紗はすぐさま身を離し、舌をペロッと出す。

「ふふっ、チャーも久しぶり」

飼い猫も理紗の匂いを覚えていたのか、足元にまとわりついて喉を鳴らした。

「と、とにかく座って……あ」

デスクから椅子を引っ張りだすも、少女はためらうことなくベッドに腰かけた。

六年前のあの日、同じ場所で淫らな行為に耽《ふけ》ったのだ。

峻烈な光景が脳裏を駆け巡り、顔がカッと熱くなる。

動揺を悟られまいと、達也はさりげなく椅子に腰を下ろした。

「突然の話で、すごくびっくりしたよ」

「パパとママが離婚しちゃって、私も驚いたよ。喧嘩が多くなってたのは知ってたけど、なんかあっちの生活が合わなかったみたい……」

「……そう」

少女が寂しげに呟き、なんと言葉をかけたらいいのかわからない。

「でも、また日本に住むことになったし、そんなにショックは受けてないんだ」

彼女はにっこり笑ったものの、両親の離婚に平気でいられる子供などいるはずがないのだ。

強がっているのは明らかで、達也の心もチクリと痛んだ。

「でも、よかった。となりの家が空いてて」

「ホントにタイミングがよかったよ。ちょうどリフォームが終わる頃で、借り手を探そうとしてたところだったんだから」

「こうなるのは、運命だったのかもね」

運命という言葉に、ドキリとしてしまう。

なんにしても、目の前の美少女がこれからとなりに住むことになるのだ。

徐々に不安は消え失せ、代わりに高揚感《こうよう》が身を包みこんだ。

「学校はどうするの？　来月から、中学だよね？」

「うん、インターナショナルスクールに通うつもり。その学校、日本に合わせて四月から始まるんだって」

「そうか。でも、お金……けっこうかかるんじゃない？」

「大丈夫、パパのほうから仕送り……じゃなくて、なんて言うんだっけ？」

「養育費のことかな？」

「そうそう、たっぷり送ってくれるから。ママも、ちゃんと働くしね」

「看護師の仕事に復帰するんだってね」

「うん、なんの用意もしないで帰ってきたから、生活用品も揃えないと。明日、ママと買いにいくんだ……ふふっ」

理紗が意味深に笑い、天使のような笑顔に見とれてしまう。

「何が、おかしいの？」

「だって、達ちゃん……全然、変わってないんだもん」

「そ、そうかな？」

照れ隠しに頭を掻くも、痛いところを突かれて顔をしかめる。

六年の月日のあいだに、理紗は見違えるほど美しい少女に成長し、自分はさほどの変化もなかったのだ。

高嶺《たかね》の花となった幼馴染みが遠い存在に思え、どす黒い感情が芽生えだす。

結婚の約束など、六歳の子供にとってはあってないようなものだろう。

(これだけかわいいと、どこに行っても男たちの注目の的《まと》になるだろうし、結婚どころか、つき合うことすら無理だよな。あぁ……あのとき、やっぱりエッチしておけばよかった)

今さら悔やんだところで意味はなく、理紗とハンサムな男の交際シーンを思い描いただけで激しい嫉妬に駆られる。

「日本語、教えてね」

「……え？」

「向こうではママとしか話さなかったから、けっこう忘れちゃってるの」

「そ、そうなんだ」

「週に一度だけでも、達ちゃんに教えてもらえないかなって、ママが言ってたよ」

「ホ、ホントに？」

現金にも目を輝かせたのも束の間、自身の欲望を抑えられるのか、はっきり言って自信がない。過去の淫行を、理紗が覚えているのかも気になった。

「今日、となりの家、見せてくれるんだよね？」

「あ、う、うん。まだリフォーム中の場所があるけど、大丈夫だよ。引き渡しは三日後だって聞いたけど……それまでは、どこに泊まるの？」

「今日はおばあちゃんちで、明日と明後日はホテルだって」

「そっか」

「達ちゃん、下に行こう」

「あ……友香梨さんにも、ちゃんと挨拶しなきゃ」

「二人とも、子供みたいにはしゃいでたよ」

話し好きな母だけに、久しぶりの再会を祝しているのだろう。おしゃべりに夢中になっている姿が想像できる。

理紗が出入り口に向かうと、ワンピース越しのヒップが視界に入った。

（お尻も大きくなってる……ウエストがキュッと括《くび》れてて、はあ、たまらん）

服の下の肉体は、いったいどれほどの成長を遂げたのだろうか。

収まりかけていた情欲が再び燃えあがり、股間が突っ張りすぎて、歩きにくいことこのうえなかった。

3

理紗と友香梨がとなりの家に引っ越してきた、その日の夜。

達也の家でささやかなホームパーティーが開かれ、彼女らと楽しい宴《うたげ》を過ごした。

幸いにも授業の単位はほとんど取れたため、大学には週一回通うだけで事足りる。

このときの達也は、すでにアパートを引き払う決意を固めていた。

友香梨から週に一度、理紗に日本語を教える家庭教師役を依頼され、断る理由はひとつもなく、ふたつ返事で了承した。

(再来週の土曜から、理紗ちゃんの家で日本語を教えるのか。楽しみではあるんだけど、あぁ……)

理紗たちが自宅をあとにするや、自室に戻り、罪の意識に苛《さいな》まれる。

椅子に腰かけた達也は、苦悶の表情で頭を掻きむしった。

（ひどい自己嫌悪だ。とんでもないこと、しちゃったな）

昼過ぎから夕方まで、となりの家で引っ越しの手伝いをし、ベッドや電化製品が次々に運ばれるなか、達也は理紗にお古のデスクトップパソコンをプレゼントした。彼女はたいそう喜んでくれたが、そのパソコンには遠隔操作のできるソフトがインストールされており、内臓カメラを通して部屋の様子を覗くことができるのだ。

一人暮らしをしていたアパートで、飼い猫の様子を見守るために用意したものを、まさか理紗に使う羽目になろうとは……。

（いや、そんなつもりはない……でも、アプリを入れたままにしていたのは、やっぱり覗き見したい気持ちがあったからだよな）

理紗は今頃何をしているのか、気になって仕方ない。

机に置かれたパソコンに手を伸ばしたものの、良心の呵責《かしゃく》に耐えられずに思いとどまる。

覗き見は、犯罪なのである。

悪逆《あくぎゃく》な行為に手を染めれば、アンインストールし忘れたという言い訳は通用せず、間違いなく確信犯になってしまう。

（そんなこと、できないよ……あぁ）

理紗があれほど美しい少女に成長していなければ、あるいは自分が彼女と釣り合いの取れる男だったら、これほど悩むことはなかったに違いない。

他の男に取られたくないという嫉妬が心の奥底で渦巻き、よこしまな思いが脳裏を占めていく。同時に服の上からでも見て取れる発育のいい肢体が、どろどろした牡の淫情に拍車をかけた。

彼女は十二歳。中身は子供であり、今なら自分だけのものにできるのではという悪《わる》巧《だく》みが頭をもたげる。

(見たい、覗いてみたい)

人間としてのモラルを捨て去った青年は、パソコンを起ちあげ、遠隔操作で理紗の部屋に置かれたパソコンの内臓カメラを作動させた。

とたんに目が据わり、画面を食い入るように見つめる。

(真っ暗だ……部屋にいないんだな)

舌打ちをする一方、ホッとした気持ちもあり、今ならまだ引き返せる猶予《ゆうよ》は残されていた。

理紗と友香梨が覗き見に気づく可能性は低いだろうが、バレたら一巻の終わりなのだ。天真爛漫な少女でもさすがに許せないだろうし、怒りから六年前の一件を明るみにするケースも考えられる。

（やっぱり、やめとこう。今度、理紗ちゃんの家に行ったとき、パソコンを教えるふりをしてアプリを捨てるんだ）

すんでのところで理性を取り戻した直後、室内がパッと明るくなり、画面に理紗の姿が映りこんだ。

（あっ!!）

バスタオルを身体に巻きつけ、髪をアップにした美少女に目が釘づけになる。頬や肌が上気し、悩ましいことこのうえない。

（ふ、風呂あがりなんだ……ソフト、終わらせなきゃ）

そう考えたものの、達也の指は意に反して録画ボタンを押していた。

彼女はドレッサーを覗きこみ、額《ひたい》を指でさすっている。そしてコットンに化粧水を含ませ、顔全体に軽く当てていった。

（あ、あの歳で、もうお肌の手入れかよ）

身体つきを見れば、早熟なのはよくわかる。どうやら、おしゃまな少女は六年のあいだにオシャレに目覚めたようだ。

赤く色づいた唇、バスタオルの胸元とヒップの膨らみから目が離せない。

（あ、あ……あのタオルの下、何も着けてないんだよな）

あこぎな欲望を抑えられずにモニターを見つめたまま、ペニスがスウェットの下で小躍りした。

彼女はこのあとバスタオルを取り外し、下着やパジャマを身に着けるはずだ。

普通なら脱衣場で済ますはずなのだが、これがスウェーデンの生活習慣だったのかもしれない。

思いがけないチャンスに、達也は口を真一文字に結んで目をぎらつかせた。

理紗はベッドに腰かけ、腕や足にも化粧水を伸ばしていく。すらりとした右足が前方に投げだされ、むちっとした太腿と股間の暗がりに胸が躍った。

（いい具合に、お肉がついたよな。それにしても……）

画面越しの少女は、本当に十二歳なのか。どこからどう見ても高校生としか思えず、すっかり大人びた容姿に牡の本能が燃えあがる。

今の達也は、理紗を完全に性の対象として見ていた。

ペニスに熱い血流がなだれこみ、瞬時にしてフル勃起する。胸が重苦しくなり、凄まじい劣情を催す。

やがて理紗がベッドから立ちあがり、Ｍサイズのチェストに歩み寄ると、昂奮のボルテージがレッドゾーンに飛びこんだ。

指がバスタオルに添えられ、結び目がほどかれる。

柔らかそうな布地が足元に落ちた瞬間、流麗《りゅうれい》なS字を描く身体の稜線が目を射抜き、ふたつの肉玉がキュンと吊りあがった。

（お、おおっ！　理紗ちゃんのオールヌードだっ!!）

内臓カメラのレンズは彼女の姿をほぼ真後ろから捉《とら》えており、乳房や肝心の箇所はまだ確認できない。それでも逆ハート形のヒップはプリッとしており、もっちりした太腿と長い美脚のコラボレーションに嬉々《きき》とした。

（す、すげえプロポーション……後ろから見たら、大人の女の人みたい）

ただの女性ではなく、モデル並みのスタイルに適度な肉が付いているのだ。

しかもアイドル顔負けの容貌をしているのだから、まさしく天から舞い降りた天使としか思えなかった。

張りのある双臀にハートを撃ち抜かれ、牡の肉がジンジン疼《うず》く。

「はあはあ、も、もう……」

射精願望を募らせたものの、今度は身体の前面部にすべての神経が注がれる。

こちらを向いてくれないか。

切《せつ》に願った直後、理紗は背を向けたまま片足を上げた。

(あっ、だめだ。パンティ、穿いちゃう)

失意に沈んだのも束の間、ふっくらしたヒップを包みこむコットン生地にまたもや歓喜する。

(おおっ、ちっちゃな女の子が穿くパンティじゃない!)

丈の短いサイドが腰にパチンと食いこみ、セミビキニタイプの下着が幼馴染みの成長を如実《にょじつ》に物語った。

六年前はあのヒップを抱えこみ、初々しい花園に顔を埋めて舐めまわしたのだ。

(ああっ、あそこは、どんなふうになってんだろ?)

もはや自制心が働かず、射精欲求を抑制できない。ティッシュ箱を引き寄せた刹那、理紗は身体を反転させ、達也の目が限界まで開いた。

(お、お、おぉっ!)

お椀を伏せたような膨らみは型崩れすることなく、ツンと上を向いている。

きれいな円を描く乳房の輪郭、中心部の桃色の乳暈《にゅううん》と小さな突起にはただ惚けるしかなかった。

理紗がベッドに置かれたパジャマを手にするあいだ、むしゃぶりつきたくなるほどの裸体に征服願望と執着心が襲いかかる。

(理紗ちゃん、好きだ……やっぱり、好きだよ)

過去の出来事をすべて忘れ、単なる幼馴染みの関係を続けることはできそうにない。

獲物を狙う獣のごとく、達也は美しい少女を血眼になって見つめていた。

4

四月に入った二週目の土曜日、達也は日本語の家庭教師をするためにとなりの家を訪れた。

(やっぱり……顔を合わせづらいな)

美少女は帰国と進学が重なり、忙しい日々を過ごしていたらしい。

達也のほうもアパートの解約や引っ越し作業と多忙を極《きわ》め、ホームパーティー以来、およそ二週間ぶりの再会になる。

さすがにうれしさは隠せなかったが、覗き見に盗撮という犯罪行為に手を染めた事実が重くのしかかった。

(あと味、悪いよな)

録画したシーンを繰り返し閲覧しては、何度オナニーを繰り返しただろう。できることなら、今日にでも理紗のパソコンから遠隔操作のソフトを削除しておきたい。

果たして、そのチャンスはあるだろうか。

インターホンをためらいがちに押すと、すぐさま友香梨の声が返ってきた。

（理紗ちゃんと二人きりになれると思ったけど、さすがに甘かったか）

玄関扉が開き、ナチュラルメイクの熟女がにこやかな顔を見せる。

「いらっしゃい」

「こ、こんにちは」

「今日から、お願いしますね」

「え、ええ……任せといてください」

彼女は大人の女性なので、よこしまな思いを見透かされるのではないか。

脇の下が汗ばんだものの、友香梨は昔と変わらぬ明るい口調で室内に促した。

「どうぞ」

「お邪魔します」

「あぁン、そんなしゃちほこばらなくていいのよ。もともとは、達也くんのおばあちゃんが住んでた家なんだから」

「でも、中はずいぶんと様変わりしちゃってますから」

「今日は……お母さんは？」

「家にいますよ」

「そう、ようやく生活も落ち着いたし……うちに呼ぼうかしら」

「母も、友香梨さんと話したがってましたよ。忙しいだろうからって、遠慮してる感じでした」

「あら、そう！」

友香梨は、とたんに落ち着かない素振りを見せる。二人とも話好きなだけに、会えば、おしゃべりに夢中になるのは目に見えていた。

「それじゃ勉強、始めますね」

「あ、よろしくね」

達也はクスリと笑い、緩やかな階段を昇っていった。

亡き祖母の持ち家は３ＬＤＫの間取りで、二階には洋間がふた部屋ある。こじんまりした家屋だが、女性の二人暮らしなら、ちょうどいい広さなのかもしれない。

理紗の自室は日当たりのいい南側の部屋で、扉の前に立つと、いやが上にも緊張に包まれた。

（家庭教師は二時間の約束だし、これだけ長いと、間が持たないかもしれないぞ）

会話以上に、果たして獣じみた欲望を抑えられるのか。

気持ちを落ち着かせてから扉をノックすると、さっそく美しい声音が返ってきた。

「はい」

「あ、俺……達也だよ」

「入っていいよ」

了承を得てから扉を開けるや、椅子に腰かけた理紗がプレゼントしたパソコンを注視している。

（ま、まさか……遠隔操作のソフトが入ってることに気づいたんじゃ？）

扉を閉めて恐るおそる歩み寄った瞬間、理紗は振り返りざま困惑げな顔を向けた。

「だめ……向こうの学校でパソコン学習があったんだけど、タイプが違うから、よくわからないよ」

「そ、そう……」

遠隔操作のソフトは、書類フォルダの奥の奥に隠してある。ウィルス除去のソフトを使用しない限り、十二歳の女の子が見つけだすことは不可能だろう。

機をうかがい、気づかれぬように削除しておかなければ……。

「達ちゃん、パソコン教えてよ」

「え、でも、日本語の勉強は……」

「そんなの、パソコン教えながらでもできるでしょ？」

「それはそうだけど……俺が小学校のときに使ってた教科書やドリルを持ってきたんだよ」

「そんなのいつだって、いいじゃない。とりあえず、今はパソコンの使い方を覚えたいの。教えて」

「うん、わかった。じゃ、今日は基本的なことだけ教えておくよ」

理紗は長い髪をポニーテールにし、いつにも増して愛くるしい。

用意された簡易椅子に腰かけると、デニムのスカート丈はかなり短く、もちもちの太腿が目に飛びこむ。

先日の全裸シーンを思い浮かべたとたん、今度は青い瞳で見つめられ、頭がクラッとした。

「何ボーッとしてるの？　早く」

「あ、う、うん」

可憐な美貌に鼓動が高鳴り、股間の逸物が早くも反応しはじめる。前日に精を抜いていなければ、この時点で獣欲モードに突入していたかもしれない。

(この状態で、二時間も過ごすのかよ。こりゃ、けっこうきついかも)

無理にでも自制心を働かせた達也は、彼女の真横でパソコンの使用法をレクチャーしていった。

それでも髪や首筋から香気《こうき》が匂い立ち、平常心をいっこうに取り戻せない。少しでも油断すれば性欲の導火線に火がつき、我を忘れて飛びかかってしまいそうだ。

(あぁ、なんてきれいなんだ……かわいすぎるよ)

涼しげな目元、カールした長い睫毛、剝き卵を思わせる頰、バラのつぼみのような唇。こんもりした胸の膨らみが気になり、目が不審者のごとく泳いでしまう。

達也は気を逸らそうと、日常的な会話で場を繫いだ。

「学校のほうは、どう?」

「うん、楽しいよ。親友と呼べるような友だちはまだできないけど、みんなすごく明るいし」

「インターナショナルスクールって……共学だよね?」

「うん」

「かっこいい男の子とか、いるの？」

「そりゃ、いるけど……私、あまり顔とか気にしないし」

とりあえず安心感は得たものの、男子のほうが放っておかないのではないか。

心配は尽きることなく、一度芽生えた不安は収まらない。

達也は醜い感情を押し殺したまま、パソコンの基本的なシステムを教えていった。

二十分ほど経ったところで理紗が顔を上げ、ぽつりと呟く。

「あ……おばさん、来たんじゃない」

耳を澄ませば、階下から女性の笑い声が聞こえてきた。

「ホントだ。うちのおふくろ、声がでかいからよくわかるよ。まったく、しょうがねえなぁ」

一度話しはじめたら止まらず、マシンガントークには何度も閉口したものだ。

苦笑を洩らしてパソコンに向きなおった直後、達也と理紗は同時に声をあげた。

「やぁン」

「……あ」

画面に男女のセックス画像が映しだされ、突然の出来事に右往左往《うおうさおう》してしまう。

「な、何？　何したの!?」

「昔のアニメの情報を探していただけだよ。日本のアニメはスウェーデンでも放送してるから、懐かしくて検索したんだけど……やだぁ」

言われてみれば、女性のほうは幼女に人気だったアニメのコスチュームを着用している。

大股を開いた女性に全裸の男性がのしかかっている画像で、おそらくコスプレ好きのマニアのサイトを開いてしまったのだろう。

（しまった……フィルターをかけていなかったから、エロ関係のサイトまで検索されちゃったんだ）

達也はすぐさまマウスに手を伸ばし、「前のページへ戻る」ボタンをクリックした。気まずい雰囲気が漂い、沈黙の時間が流れる。

達也は頰を引き攣らせたあと、俯き加減で謝罪の言葉を述べた。

「ごめんね……不愉快な思い、させちゃって。成人向けの情報を制限する機能があるから、すぐにセッティングするよ。席、ちょっと替わってくれる？」

理紗は目を伏せたまま顔を上げず、椅子から立ちあがろうとしない。

「あ、あの……理紗ちゃん？」

怪訝な顔で様子を探ると、彼女は小さな声で呼びかけた。

「……達ちゃん」

「え？」

「約束、覚えてる？」

あの日の出来事が走馬燈《そうまとう》のように頭の中を駆け巡り、心臓が瞬く間に萎縮《いしゅく》する。

「や、約束って……」

「結婚しようって……言ったこと」

もちろん、忘れるわけがない。結婚の約束をしたあと、キス、ペッティング、シックスナイン、挿入直前の射精と、淫らな行為に耽ったのだ。

（お、覚えてる！　理紗ちゃんは、あのときのことをはっきり覚えてるんだ!!）

顔から血の気が失せ、恐怖で足がガクガク震える。

友香梨の態度を思いだした限りでは、いまだに理紗は秘密を守っているのだろう。

それでも年齢を重ねるごとに、幼馴染みの少年との行為を理解し、大きなショックを受けたに違いない。

六年越しの非難を浴びせてくるつもりなのか、達也は緊張に身を引き締めた。

（そうなったとしても……仕方ないよな。何も知らない女の子に手を出したのは事実なんだから）

息が詰まった瞬間、理紗は閉じていた唇をゆっくり開いた。

「覚えてないの？」

「も、もちろん……覚えてるよ」

口の中に溜まった唾を飲みこみ、次の言葉を待ち受ける。

少女はやや間を空けたあと、目元をみるみる紅潮させていった。

「達ちゃん……今でも、気持ちは変わってない？」

「え、あ……も、もちろんだよ！」

「忘れてるのかと思った」

「そ、そんなことあるわけないよ」

「手紙も来なくなったし、達ちゃんちに一度行ったんだけど、会えなかったから運命の人じゃないのかなと思って」

「ご、ごめん」

手紙のやり取りをやめたのは、あの日の罪悪感から逃れたかったためだ。

まさか再び日本に、しかもとなりの家に住むことになるとは予想もしていなかったため、交流を絶つのがいちばんいいのだと納得するしかなかった。

「達ちゃんのこと、忘れようとしたこともあったんだけど、やっぱり忘れられなかったんだ……」

「……え？」

「パパとママが離婚したのはショックだったけど、また達ちゃんに会えると思ったら、うれしくて……」

もしかすると、これは愛の告白なのでは……。

胸を高鳴らせたとたん、少女は思いがけぬ質問を投げかけた。

「好きな人……できた？」

「へ？」

「つき合ってる人、いるの？」

交際どころか、異性とは手を繋いだこともないのである。首を横にブンブン振ると、彼女はようやく白い歯をこぼした。

「よかったぁ、それだけが心配だったんだ」

「どうして、そう思ったの？」

「だって、二十一歳でしょ？　恋人がいたって、なんの不思議もないもん」

痛いところを突かれ、いやでも苦々《にがにが》しい顔をしてしまう。

三流大学のうえにルックスは並以下、背は今の理紗よりも低いのだ。

恋人などできるはずもなく、自慰行為でしか欲望を発散できない男なのである。

（もしかして……俺とつき合いたいということなんじゃ？）

淡い期待に縋《すが》った瞬間、少女はまたもや想定外の言葉を放った。

「精子って……言うんでしょ？」

「……は？」

「達ちゃんが出したの」

「あ、あの……」

十二歳の女の子にそれなりの性の知識があっても、決して不思議ではない。

果たして、どれほど知っているのだろうか。

「九歳のときに習ったの」

「習ったって……どこで？」

「学校」

「え、ええっ！」

「男の人と女の人が裸で抱き合ってるスライドを見せて、先生が赤ちゃんの作り方を説明してくれるの。出産シーンも見せるんだよ」

スウェーデンの性教育がそこまで進んでいるとは、あまりの驚きに開いた口が塞がらない。

（九歳って……小学三年生だよな。日本じゃ、とても考えられないよ）

ただ呆然とするなか、理紗は恥ずかしげに問いかけた。

「セックスって、愛し合う男と女がすることでしょ？　精子を膣の中に出して、赤ちゃんができるんだよね？」

無垢な少女は、快楽だけを求める性交が存在するとは微塵《みじん》も思っていないようだ。

どう答えたらいいのか、達也はただうろたえた。

「キスも二人の愛情を確かめ合うためにすることだって、先生が言ってたよ」

「キ、キス……」

心臓がバクンと大きな音を立て、必死に抑えていた欲情が内から迸《ほとばし》る。

プルンとした唇が目に飛びこんだ刹那、理性が忘却《ぼうきゃく》の彼方《かなた》に吹き飛んだ。

「す、好きだよ……理紗ちゃんのこと、忘れたことなんてなかった」

嘘偽りのない言葉を返せば、彼女は椅子を回転させて向きなおる。そして、目を閉じてから唇をそっと差しだした。

「あ、あぁ」

目の前にいる理紗はあの頃の幼女ではなく、思春期を迎えた絶世の美少女なのだ。

しかも体形やプロポーションは日本の女子高生と変わらないのだから、達也の頭の中から十二歳という実年齢は完全に消え失せた。

(キ、キスできる……夢じゃないよな)

聴覚を研ぎ澄ませば、母や友香梨が階段を昇ってくる気配は感じない。

おそらく、おしゃべりに夢中になっているのだろう。

この部屋は今や二人だけの空間であり、密室状態でもあるのだ。

達也は細い肩に両手を添え、震える唇をゆっくり近づけていった。

(あ、あのときは……ディープキスまでしたんだっけ?)

温かい舌や唾液、ねっとりした口腔粘膜の感触はいまだに覚えていたが、展開があまりにも早すぎたのか、性衝動に自然とブレーキがかかる。

それでも唇を軽く合わせ、リップの弾力を味わうだけでも胸が騒いだ。

(あぁ、キスしてる……大きくなった理紗ちゃんとキスしてるんだ)

六年前の高揚感がぶり返し、ズボンの中のペニスが膨張しはじめる。

抱きたい、舐めたい、匂いを嗅ぎたい。

今の体格なら、隆々とした勃起も受けいれられるのではないか。

少女との交合を夢見たものの、階下に親がいたのでは、最後の一線を越えることはできそうにない。

（ど、どうしたら、いいんだよ）

とりあえず、バストの感触を堪能しようか。

そう考えた達也が胸の膨らみに手を伸ばした瞬間、唇がサッとほどかれ、好奇の眼差しがズボンの一点に向けられた。

「……あ」

股間を見下ろせば、中心部が派手に盛りあがっている。

急に恥ずかしくなり、両手で隠すと、理紗は小悪魔っぽく言い放った。

「……見せて」

「え、そんなこと」

「六年前は、私の強引に見たじゃない」

「強引だなんて……」

「事実でしょ？　今度は、私の番なんだから」

全神経が性欲一色に染められ、ペニスが臨界点まで張りつめる。

睾丸の中の精液が荒れ狂うも、親が階下にいる状況では覚悟を決められず、額から脂汗がだらだら滴った。

「あ、あの、キスだけじゃだめ？」

甘えた口調で懇願すれば、美少女はキッとねめつける。

怒った表情が心の琴線《きんせん》を爪弾き、一瞬にしてメロメロになった。

（あぁ、かわいい、かわいすぎる！　青い目で見つめられただけで、何も言えなくなっちゃうよ）

目尻を下げたところで、理紗が頰を膨らませて答える。

「だめ。言っておくけど、達ちゃんが私に何をしたのか、全部覚えてるんだからね」

「……ひっ!?」

地雷ともいえる物言いに戦慄《せんりつ》し、達也の顔色は壊れた信号機のように変わった。

（昔とは、完全に立場が入れ替わっちゃったみたい）

顔を合わせぬあいだに、少女は大人への階段を確実に昇っていたのだ。

もともと早熟なだけに、内面においても、あっという間に自分を追い越してしまうかもしれない。

「立って、見せて」

「だ、大丈夫かな？　友香梨さんが来たら……」

「階段を昇ってくる音が聞こえたら、すぐにズボンを上げればいいでしょ？」

「そ、そんな……」

局部を露出する姿を目撃されたら、とんでもない事態を迎えるのは火を見るより明らかなのである。

怖れは少しもないのか、理紗は平然とした表情で追いたてた。

「昔のことを考えたら、達ちゃんに拒否する権利なんてないんだからね」

思わず絶句したものの、なぜか背筋に甘美な電流が走る。

ひょっとして少女には、あの日の蛮行を許せないという気持ちがあり、いつかお返ししたいと考えていたのかもしれない。

（もし断って、友香梨さんにバラされたら……）

指示どおりにするしかないのか。

達也は仕方なく椅子から立ちあがり、ジーンズのホックを外してジッパーを引き下ろした。

震える手をウエスト部分に添え、トランクスごとこわごわ引き下ろす。

（あぁ、恥ずかしい、恥ずかしいよ）

羞恥に身をよじるも、牡の証は期待に奮い立ち、萎える気配はまったくなかった。

「ほ、本当に……見せなきゃ……だめ？」

「だめっ！」

尖った視線を向けられただけで、パンツの中のペニスがいななく。

（ああ、もうなるようになれっ！）

意を決してズボンを下ろすと、窮屈な空間に収められていた怒張が跳ねあがり、蒸れた汗の匂いがプンと立ちのぼった。

「あ、ああっ！」

唇を歪めて悶絶する一方、熱感が腰を打つ。

雄々しい肉茎はオナニーのしすぎで肥大し、天に向かって隆々と反り勃っていた。

「ヤンっ！　信じられない!!」

「はあはあ……だ、だって、理紗ちゃんが見せろって……」

美少女は口を両手で覆い、目を大きく見開く。そして身を屈め、牡の肉をまじまじと見つめた。

「こんなに、おっきかったっけ？　皮も剝けてるよ」

理紗が日本を発ったあと、必死に包茎矯正を試みたのだ。

栗の実を思わせる亀頭、えらの張った雁首、葉脈状に浮きでた静脈。六年前よりふたまわりは大きくなり、自分の目から見ても圧倒的な威容《いよう》を誇っていた。

（ああ、チ×ポを……見られてる）

幼い女の子は大人びた少女へと変貌し、昔とは明らかに違う異次元の昂奮を促す。

裏茎に強靭《きょうじん》な芯が注入され、牡の欲望が中心部で怒濤のごとく渦巻いた。

全身の血が逆流し、ほんの少しの刺激でも射精してしまいそうだ。

臀部の筋肉に力を込め、口をへの字に曲げて必死の自制を試みる。

「なんか、出てるよ」

「……え？」

虚《うつ》ろな目で見下ろせば、鈴口には早くも先走りの液が滲みだしていた。

白い手が差しだされ、ドキリとした直後、指先が亀頭の先端に押しつけられる。

「お、ふっ」

快美に膝をわななかせたのも束の間、鈴割れと指のあいだに透明な糸が引かれ、あまりの淫靡な光景に喉が干あがった。

「……汚い」

理紗はムッとしたあと、指に付着した汚液を達也の下腹で拭う。

「あ、ああ、ああっ」

体温が急上昇し、低い呻き声が口からこぼれた。

白濁の溶岩流が火山活動を開始し、陰嚢がクンと持ちあがった。

もちろん、この状況で射精するわけにはいかない。理紗が悲鳴をあげ、階下にいる母や友香梨がやって来たら、破滅が待ち受けているのだ。

少しでも気を逸らそうと、達也は涙目で哀願した。

「も、もう一度……キス……したいよ」

「え？」

「今度は……あの、大人のキスを」

たどたどしい言葉で訴えると、美少女は勝ち誇ったかのような笑みを浮かべた。

子供のときには、決して見せなかった表情だ。

総身を粟立たせた瞬間、理紗は頭をちょこんと傾げて答えた。

「大人のキスだけで、いいの？」

「あ、あ……」

目の前の美少女は、キス以上の行為を求めているのか。

性的な昂奮に翻弄され、鈴割れから前触れの液がゆるゆると溢れだす。

（ど、どうしたらいいんだよ。改めて他の日に俺の部屋に連れこんで……で、でも、この機会を逃したら、次はないかもしれないし）

どうしたものかと逡巡《しゅんじゅん》したところで、理紗はまたもやとんでもない指示を出した。

「出してみせて」

「えっ？　出すって……何を？」

「決まってるでしょ。私がスウェーデンに行く前、達ちゃんがたくさん出したもの」

あの日の光景を思い浮かべ、手がぶるぶる震えだす。

理紗はもう、あの頃の無知な少女ではない。性教育の進んだ異国で、男女の性をしっかり学んできたのだ。

（やっちゃいけないことしたのは事実だし、やっぱり……怒ってるのかな）

今の彼女はポーカーフェイスで、心の内は探れない。しかも青い瞳に吸いこまれそうになり、胸のときめきは増すばかりだった。

「見たいの。早く見せて」

「む、無理だよ……部屋の中を汚すわけにはいかないし、匂いだって残るから」

栗の花にも似た、強烈な臭気を思いだしたのかもしれない。理紗は椅子から腰を上げるや窓を開け放ち、達也の手首を摑んで引っ張った。

「あ、ちょっ……」

何を企《たくら》んでいるのか、少女は大股でベッドに歩み寄る。太腿の中途まで下ろしたズボンを手で押さえたものの、足がもつれて歩きにくい。

「ここに、仰向けに寝て」

「……え」

ベッドカバーの上に寝かせて、いったい何をするつもりなのか。

「早くしないと、ママが様子を見にくるかもしれないよ」

「あぁ……」

シャツこそ着ていたが、局部は丸出しの状態なのだ。聴覚を研ぎ澄まし、階段を昇ってくる気配を察したら、立ちあがりざまズボンを引きあげられるだろうか。

不安に押しつぶされそうになるも、ペニスは硬直状態を維持したまま、破裂寸前まで膨張している。

「早くっ!」

達也は仕方なく、言われるがままベッドへ仰向けに寝転んだ。

理紗はベッドの端に腰かけ、シャツの裾を捲りあげる。そして身を乗りだし、らんらんとした目を男性器に向けた。

「ホントにすっごい……こんなに大きかったんだ」

「はあ、はあ、はあっ」

股間を遮《さえぎ》るものは何もなく、好奇の眼差しが羞恥の源《みなもと》に注がれる。かつてのシチュエーションが再現され、大いなる期待感に胸が張り裂けそうだった。

危険と隣り合わせではあったが、もはや中止という選択は考えられない。

彼女ははっきりと、「出してみせて」と言ったのだ。

果たして、どんな行為に打って出るのか。

次なる展開を待ち受けるなか、理紗はしなやかな手を肉茎に伸ばした。

「お、おおっ！」

指が肉幹に絡まるや、青白い性電流が身を這いのぼり、腰がビクンと引き攣る。

虚ろな目で下腹部を見下ろすと、少女は身を屈め、窄めた唇から透明な粘液を滴らせた。

(あ、あ、あっ⁉)

両足を突っ張らせ、亀頭冠を包みこんでいく唾液を愕然《がくぜん》と見つめる。

六年前、達也は理紗に唾液をペニスにまぶす行為を強要した。

淫らな性技は、彼女の記憶の中にくっきり刻みこまれていたのだ。

清らかな液体が怒張を覆い尽くし、照明の光を反射してぬらぬらと輝く。

「ヤン……破裂しそう」

美少女はやけに甘ったるい声を発したあと、指の抽送を開始した。

くちゅくちゅ、にちゅ、くちゅん、にゅぷぷぷっ！

指の隙間にすべりこんだ唾液が淫らな音を奏で、同時に性感が急角度の上昇をたどる。根元から亀頭冠まで、ストロークの大きい迫力のある手コキだ。

「む、むおっ！」

「……出して」

頬を染めた理紗は、しょっぱなから指の律動をトップスピードに跳ねあげ、達也はようやくベッドに寝かされた理由を悟った。

仰向けの状態なら部屋を汚す心配はなく、発射された精液はすべて自身の身体に降り注ぐことになる。

(あぁ……でも、シャツが精液だらけになっちゃうよ)

放出願望を募らせるも、このまま射精したくないという思いもある。

肛門括約筋を引き締めて吐出を堪えるも、指の律動は情け容赦《ようしゃ》なく速度を増し、巨大な圧迫感が股間の中心を覆い尽くした。

スライドが繰り返されるたびに、柔らかい指が雁首をこすりあげる。包皮が蛇腹《じゃばら》のごとく上下し、肉筒の芯に強烈な快美を吹きこむ。

（く、くうっ、もう我慢できないかも……）

達也は自らシャツの裾をたくしあげ、腹部を露出して来《きた》るべき瞬間に備えた。

「達ちゃん、私のこと思いだして、出してたの？」

「はっ、はっ、う、うん……あれから、何回も何回も出したよ」

「どんなこと考えて、したの？」

「あぁ、理紗ちゃんとキスしたり、おマ×コ舐めたり、おチ×チン咥えさせたり、いやらしいこと、たくさん想像したよ」

恥ずかしくても、言わずにはいられない。

美少女に攻められる状況が、さらなる昂奮を促すのだ。

「ホントにやらし……変態」

鋭い眼差しが心のハープを掻き鳴らし、あまりの昂奮に脳漿《のうしょう》が沸騰した。ふにふにした指の感触もとてつもない悦楽を与え、いよいよ崖っぷちに追いこまれる。

「あ……タマタマが吊りあがってきた」

理紗はうれしげに呟いたあと、空いた手で陰嚢をスッと撫であげた。

「む、おぉぉっ！」

官能電流が股間から脳天を突き抜け、肉体の深部で大きな振動が起こる。やがてストッパーが粉々に砕け散り、抑えこまれていた牡の欲望が一気に噴きだした。

「あ、イクっ……イッちゃう！」

「あぁン、出して、出して」

少女は肉槍をさらにしごきたおし、はたまた手首を返して絞りあげる。

「ぐ、おぉっ……イックぅ！」

身を仰け反らせた達也は、ここぞとばかりに男の噴流をしぶかせた。

「ヤンっ！　出た出た」

「あ、あ、むうっ」

放出の一発目は、シャツの胸元に着弾したらしい。二発三発目は腹部の上にぶちまけられ、灼熱の感触を受けるとともに至高《しこう》の射精感に酔いしれた。

「あふっ、あふっ」

声が完全に裏返り、まるで百メートルを全速力で走ったような息苦しさだ。

放出感が徐々に消え失せていく最中も、彼女は手筒のスピードを落とさない。

「あ、ちょっ……」

「もう出ないの？」

「む、無理、出ないよ、くすぐったい……あっ、くっ」

腰をよじったところで理紗は手を離し、さも不服そうに唇を尖らせた。

「昔より、全然少ないよ」

まさかこんな展開が待ち受けているとは夢にも思わず、前日にオナニーしてしまったことが悔やまれる。

「ご、ごめん……昨日……出しちゃったから」

「え、そうなんだ」

少女は肩を落とした直後、なぜか扉の方向に目を向けた。

「あ……ママが来たかも」

「えっ⁉」

驚愕の表情で身を起こした刹那、罪のない笑い声にぽかんとする。

「嘘だよ」

「ひ、ひどいよ……心臓が止まるかと思った」

ショックからペニスが萎えるも、達也は安堵に胸を撫で下ろした。

「達ちゃんが悪いんだよ。ちょっとしか出さないから」

「そう言われても……」

「ンっ！　やっぱり、すごい匂い」

理紗は顔をしかめて立ちあがり、チェストの上に置いてあったスプレー式の消臭剤を手に取る。達也はヘッドボードに手を伸ばし、ティッシュ箱から数枚のティッシュを取りだした。

(よかった、シャツに精液はそれほどついてないぞ。でも……この汚れたティッシュはうちに持ち帰ったほうがいいかも)

のんびり構えている余裕があるはずもなく、一刻も早くズボンとパンツを引きあげなければ……。

「……あ」

ティッシュで精液を拭う最中、スプレーの液剤がシャツに降りかけられ、甘い芳香が漂った。

「これで、変な匂いは消えるよね」

「あ、ありがと」

「ふふっ」

「な、何?」

「……小さくなってる」

股間を見下ろすと、ペニスは確かに縮こまっている。

昨夜に放出しているとはいえ、一度の射精で満足するはずはないのだが、やはり階下に母や友香梨がいる状況が影響しているのだろう。もはや、ピクリとも反応しなかった。

「こんなになっちゃうんだ。かわいい」

「み、見ないで。そんなことより、何か袋みたいなものある?」

「袋? どうするの?」

「このティッシュ、残していくわけにはいかないから、持って帰るよ」

「コンビニの袋でいい?」

「うん、いいよ」

「ふっ、その前に……」

理紗は意味深な笑みを浮かべ、またもやペニスに興味津々《しんしん》の眼差しを向けた。

「精子って、三日で溜まるんでしょ?」

「が、学校で、そんなことまで教わったの?」

「ううん、向こうの友だちから聞いたの」

スウェーデンには、理紗顔負けのおませな子供がたくさんいるのかもしれない。

「あ、あの、そんなことより、早く袋を……」

右手には精液だらけのティッシュを持っているため、ズボンを穿けず、局部はまだ剝きだしのままなのだ。

焦りを感じてせっつくと、理紗は頭の後ろに手を回し、髪を留めているゴム輪をほどいた。

「今度は、ちゃんと溜めてくるんだよ」

「……へ？」

「こんなんじゃ、納得できないもん」

「納得できないって……あ」

少女はロングヘアを翻し、ベッドに片膝をついて身を乗りだす。そしてぽかんとする青年を尻目に、二重にしたゴム輪をペニスに通していった。

「あ、な、何を……うっ」

理紗は根元で手を離し、黒いゴムがパチンという音とともに皮膚に食いこむ。

愕然とする達也に、美少女は臆面《おくめん》もなく言ってのけた。

「今度会うときまで、我慢するんだからね」

「はあ？」

「このゴム輪を見たら、私との約束を思いだして、できなくなるでしょ？」

冗談ではない。

次の家庭教師の日は、一週間後。これほどのインターバルを開けた禁欲生活は、これまで一度も経験していないのだ。

「外したら、だめだよ。大人のキスは、それまでお預けだからね」

「ホ、ホントに?」

約束を守れば、もっと淫らなご褒美が待ち受けているかもしれない。

期待に胸が躍り、拒絶のふた文字が雲散霧消《うんさんむしょう》する。

青い瞳の美少女を仰ぎ見た青年は、迷うことなくコクコクと頷いた。

第四章　時を越えたお仕置き

1

（や、やべえな……もう限界だよ）

ペニスを拘束されてから五日が過ぎ、達也は悶々とした日々を過ごしていた。

牡の欲望は副睾丸にたっぷり溜まり、歩いているだけでも、パンツにこすれた肉茎が勃起してしまう。

ゴム輪の枷《かせ》は萎えていたときにはめられたため、ふだんの状況なら痛みはないのだが、海綿体に血液が注ぎこまれると根元を激しく締めつけるのだ。

そのたびに、達也は顔をしかめて歯を食いしばった。

枷を取り外して放出したいと、何度思ったことか。

(我慢するしかないか……明後日には、外してもらえるんだから)

好奇心旺盛な少女は、射精に並々ならぬ興味があるらしい。

六年前、彼女の目の前で放出したことが倒錯《とうさく》的な嗜好を植えつけたのだとしたら、自業自得《じごうじとく》でもあるのだ。

(でも……涼しい顔して、よくこんなエッチなことができるよな)

十二歳でこの調子なのだから、大人になったらどうなってしまうのだろう。

ふしだらな妄想ばかりが頭に浮かび、何をしていても集中できない。

頭を掻きむしった達也の目は、自然とデスクに置かれたパソコンに向けられた。

(遠隔操作のソフト……結局、削除できなかったっけ)

今は罪の意識よりも本能が勝り、理紗の日常生活を覗き見することが日課になっている。壁時計の針は午後三時半を回り、そろそろ少女が学校から戻ってくる時間だ。

ベッドから下り立った達也はデスクに向かい、パソコンのスリープ状態を解除した。

「情けない……これじゃ、完全なストーカーだよ」

自己嫌悪に陥《おちい》るも、逸る気持ちを抑えられず、椅子に腰かけて画面を覗きこむ。

次の瞬間、達也はモニターに映った光景に目をしばたたかせた。

室内には理紗だけでなく、金髪の男の子が佇んでいたのである。

ブラウンのブレザーとタータンチェックのズボン柄は、インターナショナルスクールの制服だろうか。

どう見ても、同級生の一人としか思えなかった。

(学校が始まって、まだ日が浅いのに、男の子を部屋に引き入れるなんて)

友香梨はすでに職場を決め、看護師として働きに出ている。

となりの家には今、理紗と男の子の二人だけしかいないのだ。

(なんだよ、ちっくしょう！　俺だって我慢して、家に行かなかったのに)

娘とただならぬ関係を結んでいる後ろめたさから、友香梨の不在中に上がりこむのはためらわれた。

家族間の交流があるだけに、何かしらの制限がついてくるのは仕方がなかったが、どす黒い嫉妬心に駆られた達也は鋭い目つきで少年を睨んだ。

どうやら彼は、アレンという名前らしい。

二人は流暢《りゅうちょう》な英語で会話しているため、何を話しているのか、詳細までは理解できず、ひたすらヤキモキする。

「あ、ベッドに座りやがった！」

達也は怒気《どき》を帯びた顔で言い放ち、画面の中の二人を食い入るように見つめた。

アレンはまさに紅顔の美少年という表現がぴったりで、背が高くてすらりとしており、こちらもローティーンには見えない。

大人びた理紗とは釣り合いが取れ、どう見ても、お似合いのカップルに思えた。

少女が少年のとなりに座り、互いに頬を染めて見つめ合う。

(ま、まさか、もうつき合ってるんじゃないよな?)

顔は気にしないと言っていたが、やはりイケメンの魅力には敵わないのか。

全身の血がざわつき、平静さを取り戻せぬなか、やがて二人は唇を寄せ合った。

「あ、あぁぁぁっ!」

呆然とし、外国映画のキスシーンを眺めているような感覚に陥る。達也は口をあんぐり開けたまま、人形のように動かなかった。

(俺だけの唇を……)

再び嫉妬心が沸々と湧き起こり、こめかみの血管を膨らませる。

外国人なら、親愛のキスぐらいは当たり前なのかもしれない。

そうだとしても、今の達也にとっては、清らかな少女に手を出す少年が許しがたい間男にしか見えなかった。

（長い、長すぎるぞ……あっ⁉）

アレンの手が理紗の胸に伸び、小高い膨らみをやんわり揉みしだく。

『ン、ふっ』

理紗の息が鼻から抜け、頬がみるみる赤らんだ。

沈痛《ちんつう》な面持ちで歯ぎしりし、悔し涙がこぼれそうになる。少年は胸だけにとどまらず、その手を少女の下腹部に伸ばした。

（おいおい、嘘だろ？）

プリーツスカートの裾が捲られ、手のひらがもちっとした太腿を撫でさする。

理紗は足を閉じていたが、カメラのレンズは逆三角形のパンティをとらえ、まさに貞操《ていそう》の危機に瀕《ひん》しているとしか思えない。

できることなら、となりの家に飛びこみ、すぐにでも二人を引き離したかった。

もちろんそんな暴挙に出るわけにはいかず、あまりのいたたまれなさから拳《こぶし》を握りしめる。

自分が中学一年のときはセックスどころか、キスすら夢想の中の出来事だった。

にもかかわらず、画面の中の少年は愛くるしい唇を貪り、ペッティングまで試みようとしているのだ。

（あ、あ、指が……）

アレンの指先がスカートの奥にすべりこむと、達也の怒りは頂点に達した。

「ま、ませガキがっ！」

目を血走らせ、生まれて初めて他人に殺意を抱く。

『ン、ンっ、ふぁ』

どうやら、彼の指はパンティの上から性感スポットを刺激しているらしい。

純白の布地がするすると下りはじめた瞬間、達也は心臓をナイフで抉《えぐ》られたようなショックにおののいた。

（やばい、マジでやばいっ！）

まさに理紗の貞操は風前の灯火《ともしび》であり、このまま無頼漢《ぶらいかん》にバージンを捧げてしまうのか。

（もう迷ってる暇はない。行って、止めなきゃ！）

インターホンを執拗《しつよう》に鳴らしつづければ、最悪の展開だけは回避できるかもしれない。椅子から腰を上げた刹那、少女は腰を大きくよじり、抵抗の姿勢を見せる。

アレンはよほど昂奮しているのか、怯むことなく引き下ろしたパンティを足首から抜き取った。

理紗は唇をほどいて彼の胸を押し返し、ベッドから立ちあがるや、やや険しい表情でまくしたてる。

(な、なんて言ってるんだ？　早口で聞き取れないよ)

少年は啞然《あぜん》としたまま、何も言い返さない。

やがて理紗は彼の手からパンティを奪い取り、小さな溜め息をついた。

アレンが「ソーリー」と呟き、少女がようやく穏やかな顔つきに変わる。

(こ、断ったんだ……はっきり拒絶したんだ)

ひと息ついたものの、状況は今なお予断を許さない。

達也は耳に全神経を集中させ、二人の会話をなんとか聞き取ろうとした。

(簡単な単語ぐらいしか、わからないや……ハングリー？　ファーストフードって言ったのかな？)

理紗は気持ちが落ち着いたのか、クローゼットにゆったり歩み寄り、扉を開けてランドリーバスケットにパンティを放りこむ。

(顔が火照っていたし、下着を濡らしちゃったのかも。でも、ノーパンのままでどうすんだよ)

ハラハラして見守るなか、彼女はチェストの引き出しから新しい下着を取りだし、アレンの見ている前で穿きだした。

なんと、あっけらかんとしているのだろう。

大らかといえば聞こえはいいが、日本の少女ならとても考えられない。

なんにしても、理紗のバージンはすんでのところで守られたのだ。

椅子の背にもたれ、息を大きく吐いた直後、二人は揃って部屋をあとにした。

(きっと、駅前のファーストフードの店に行くんだ)

緊張の連続から神経はくたくたの状態で、ペニスもすっかり萎えている。

椅子から腰を上げ、窓を薄目に開けて様子を探れば、理紗とアレンが肩を並べて玄関口を出ていく最中だった。

(駅まで十分。おしゃべりに二十分としても、帰ってくるまで四十分はかかるよな)

となりの家に目線を移すと、廊下に面した窓が十センチほど開いている。

祖母がまだ存命だった頃、自宅ガレージの屋根を伝い、窓の下にある庇《ひさし》に飛び移って侵入した記憶が甦った。

あのときは母からひどく怒られたが、果たして今でも可能だろうか。

達也の目がパソコン画面に向き、まがまがしい視線が誰もいなくなった理紗の部屋に注がれる。

クローゼットの向こうには、間違いなく美少女の使用済みのパンティがあるのだ。

動悸に続いて、悪辣な感情が心の奥底で渦巻いた。

火のついた性衝動はどうにも収まらず、窓から外を見回し、人影がないことを確認する。

(やるんだったら、今がチャンスだ……よおしっ!)

気合いを入れた達也は窓を乗り越え、ガレージの屋根にそっと下り立った。

2

理紗は駅前のファーストフード店に向かい、昼勤の友香梨が帰宅する時間は午後六時頃だと聞いている。

時間的余裕はあるはずなのだが、娘のほうはあくまで推測値のため、のんびりしている暇はない。

(四十分か……念のために、三十分以内に出ていくようにするか)

達也はスマホの時計表示を確認し、もう一度あたりを見回してから屋根の上を突き進んだ。

（あの窓の下の庇、俺の体重を支えられるかな？　それに……他人の家に忍びこんで私物を探るなんて、これまた犯罪だ）

恐怖と罪悪感から、全身に鳥肌が立った。

六歳の少女への淫行が露見しなかったのは、あくまで運がよかっただけで、今度も大丈夫だという保証はどこにもないのだ。

ためらいが頭をもたげるも、荒ぶる性欲が正常な判断力を奪う。

五日間の禁欲が、多大な影響を与えているのは明らかだった。

牡の肉は期待に打ち震え、早くも半勃起の状態なのだ。美少女の温もりを残した脱ぎたての下着は、何事にも代え難い魅力を秘めていた。

（はあはあ、り、理紗ちゃんのパンティ）

少女のムンムンとした媚臭を想像し、ちっぽけなモラルをかなぐり捨てる。口を引き結んだ達也は腰を落とし、一メートルほど離れた窓に向かってジャンプした。

（なむさんっ！）

飛び乗った庇がギシギシと軋み、慌てて窓枠を摑んでバランスを取る。

新たな犯罪に手を染めることになるが、決心は少しも鈍らない。

達也は息を大きく吸いこみ、窓を開きざま飛びあがって邸内に侵入した。

（成功だ！　でも、ぐずぐずしてる暇はないぞ）

忍者のような足取りで廊下を伝い、一直線に理紗の部屋を目指す。

クリーム色のドアを開け放つと、甘酸っぱい芳香が鼻先に漂い、股間の逸物がズキンと疼いた。

（理紗ちゃんの匂いだ）

新陳代謝《しんちんたいしゃ》の激しい年頃であり、乙女のフェロモンを全身から発散させているのだろう。惚けた表情で香気をクンクン嗅いだあと、真顔に変わった達也はクローゼットに向かって突き進んだ。

（こ、この扉の向こうに、理紗ちゃんのパンティがあるんだ）

彼女は昨夜の風呂あがりに下着を穿き替えており、半日以上は経過している。

しかもボーイフレンドとのキスとペッティングで、性的に昂奮をしていたのは紛れもない事実なのだ。

美少女のパンティは、どんな状態になっているのだろう。

「はあはあ、はあっ」

性欲がターボ全開になり、ペニスに硬い芯が入りだす。

「あっ、つっ！」

ゴム輪が根元に食いこみ、錐《きり》で突き刺したかのような痛みが走るも、ここまで来た以上、何もせずに帰るわけにはいかない。

達也は唇を歪めつつ、クローゼットの扉を開けて中を覗きこんだ。

「お、おおっ」

足元に置かれたランドリーバスケットには、確かに純白の布地が入っている。

フロント上部に小さな赤いリボン、上縁と裾にフリルをあしらったコットン生地のパンティだ。

「あ、あ……」

根元がまたもや痛みだし、理紗との約束を思いださせたが、放出願望は瞬時にして上昇気流に乗りだした。

(はあはあ、我慢できるわけないよ)

生唾を飲みこみ、腰を落としてバスケットの中に熱い視線を注ぐ。

わずか数分前、美少女の下腹部を包みこんでいた布地が目の前にあるのだ。

恐るおそる手を伸ばした達也は、至高のお宝をそっとつまみあげた。

両手に持ち替え、まずはパンティの形状を観察し、なおかつ感触を吟味《ぎんみ》する。

(布地面積が少なくて、かなり際どいぞ。それにしても……女の子の下着って、こん

なに柔らかいものなんだ）

ゴワゴワした男性用の下着とは、あまりにも質感が違いすぎる。

（ああっ、まだぬくぬくしてるっ！）

温もりを残したパンティは、まさに理紗の化身《けしん》。鼻の穴をおっ広げた達也は白い布地を目の高さに掲《かか》げ、両の中指を基底部の外側に押し当てた。

（えっ⁉）

指先に感じる微かな湿り気は、美少女の体内から湧出した分泌液ではないのか。

胸をドキドキさせながら指で押しあげ、徐々に裏地を露にさせていく。

「……あ」

クロッチを剝きだしにさせた達也は、眼下の光景に息を呑んだ。

布地にはハート形のスタンプがくっきり刻まれ、中心部にはレモンイエローの縦筋が走っている。その周囲には白い粉状の恥垢らしきものの他、葛湯《くずゆ》にも似た粘液がへばりついていた。

（り、理紗ちゃんの……身体から出たものだ）

女性の下着がこれほど汚れるとは予想もしていなかったため、しばし愕然としてしまう。それでも性欲の嵐は怯むことなく、巨大な竜巻と化して男の証を直撃した。

「つっ！」

根元を締めつけるゴム輪の痛みも、なんのその。至極《しごく》当然の行動とばかりに、達也は鼻先をクロッチに近づけた。

「む、むう」

酸味の強い匂いに続き、強烈な乳酪臭が鼻粘膜をツンと突き刺す。

決して香気とは言い難いのに、なぜこんなにも昂奮するのだろう。

美少女のふしだらな恥臭はあっという間に大脳皮質まで伝わり、媚薬のように脳髄を蕩かした。

(あぁ、どうしよう、どうしよう)

放出願望は沸点を飛び越え、今や完全に噴きこぼれている。すぐにでも射精したかったのだが、この状況では踏ん切りがつかず、達也は激しくうろたえた。

(このままパンティを持ち帰って、自分の部屋でゆっくり……いや、さすがにそれはまずい！)

下着が紛失していれば、理紗が不審に思うのは当然のことで、となりの家に住む幼馴染みに疑念の目を向ける可能性は十分考えられる。

(ここで出すしか……ないのか？)

逡巡した達也は、学習机の上に置かれたティッシュ箱をチラリと見やった。

幸いにもスウェットを着用しているため、ズボンの上げ下げは容易《ようい》にできる。

（でも、精液の匂いが残ったら……待てよ、待てよ！）

理紗に勘ぐられずに、欲望を満足させられる方法がひとつだけある。トイレの中で自慰をし、放出した汚液はトイレットペーパーで始末すればいいのだ。

芳香剤が置いてあるため、精液臭が残る心配もないのではないか。

壁時計を確認すれば、侵入してからまだ五分程度しか経っていない。

（時間はたっぷりある！　トイレは二階にもあるし、射精したあとはパンティを元の場所に戻しておけば大丈夫だ‼）

かぐわしい香りを放つ下着に羨望《せんぼう》の眼差しを注ぎ、素晴らしいアイデアに奮い立つ。

達也は丸めたパンティをズボンのポケットに突っこみ、立ちあがるやいなや、出入り口に向かった。

「あ、つつっ！」

ペニスは屹立を維持したまま、ゴム輪が根元にキリキリと食いこむ。それでも牡の淫情は少しも萎えず、射精欲求は燃えさかったままなのだ。

（この状態で出せるかな？　きついようなら、もう外すしかないや！　早く……あ）

部屋から出ていこうとした直前、ドアが音もなく開けられる。

目の前に佇む理紗の姿を目にした瞬間、達也は一気に天国から地獄へと叩き落とされた。

3

「……ひっ⁉」

「きゃあっ！」

悲鳴をあげて仰け反る理紗の姿に、達也は心臓を凍らせた。

「た、達ちゃん？　び、びっくりした……な、何やってんの？　どうして、私の部屋にいるの？」

「あ、あの、これには、いろいろと理由がありまして……」

「理由って……どんな理由？」

脂汗が滝のように滴り、思考回路が完全にショートする。

達也は斬鬼《ざんき》の念とともに、タイムマシンがあれば過去に戻りたいと、ひどく子供じみた思いに駆られた。

「玄関の鍵はかけていったのに、どこから入ってきたの？」

「に、二階の廊下の窓から……です」

「え、あの窓から？　ひょっとして、飛びついて入ってきたの!?」

コクリと頷くと、少女は唖然とした表情を見せる。

とにもかくにも住居侵入は犯罪であり、絶対にやってはいけない行為なのである。

（ま、まずは謝らなきゃ！）

達也は膝をつき、頭を垂れて絨毯に額を押しつけた。

「ご、ごめんなさい！　許して、み、見逃してください!!」

九つも年下の女の子に土下座で許しを請《こ》うとは、なんとも情けない。

理紗からしてみれば、百年の恋もいっぺんに覚める姿だろう。

「なんで、勝手に入ってきたの？」

「そ、それは……」

パンティに欲望をぶつけにきたとは、どうしても言えない。

クローゼット内に使用済みの下着があることを、なぜ知っていたのか？

彼女は必ず理由を聞いてくるはずで、パソコンの内蔵カメラで覗いていた事実まで話さなければならなくなる。

(そんなことになったら……もう終わりだ。あぁ、どうしたらいいんだよ……)

たとえ遠隔操作の事実を隠しとおせたとしても、スウェットズボンのポケットには彼女のパンティが入っているのである。クローゼットの中の下着が紛失していれば、自分が真っ先に疑われるのは必至なのだ。

四面楚歌《しめんそか》の状況に追いこまれ、肌にまとわりつく汗が一瞬にして冷えた。

「私が家から出ていくの、自分の部屋から見てたんだ？」

「そ、そうです」

「よかった、すぐに帰ってきて。ホントは友だちとハンバーガー食べにいくはずだったんだけど、気が変わって、そこまで見送りして戻ってきたの」

心境の変化は、やはりボーイフレンドの行きすぎた行為が原因か。

彼との関係も気にはなったが、もちろん確認する余裕があろうはずもない。

「どうして、勝手に入ってきたのかって聞いてるんだよ」

いらつきはじめたのか、頭上から響く声は次第に刺々《とげとげ》しさを増していく。

ついに観念した達也は、弱々しい口調で申し開きした。

「が、我慢できなく……なっちゃって」

「何が？」

「約束したでしょ？　一週間、溜めてくるって……ずっと守ってたんだけど、あそこが、あの……勃ちっぱなしになっちゃって。あと二日の辛抱だったのに……本当にバカでした。ご、ごめんなさい！」

最後は大きな声で謝罪すると、やや間を置いてから拍子抜けの言葉が返ってきた。

「ちょっと……マジで、あんな約束守ってたの？」

「……へ？」

びっくりして頭を起こすと、少女は呆れた顔をしている。

「とっくに外してると思ってた」

「そ、そんな……だって、約束って……」

「達ちゃんを、ちょっとからかおうと思っただけだよ。第一、私がそんなひどいことするわけないでしょ」

今度は達也が啞然とし、頰を強ばらせる。

「ところで……」

理紗は目をスッと細め、間合いを詰めながら核心を突いてきた。

「つらい思いをさせたのは私が悪かったけど……それと部屋に勝手に入ることと、なんの関係があるの？」

「そ、それは……」

いよいよ瀬戸際に追いこまれ、顎まで伝った汗が絨毯にポタポタ落ちる。

（どう言えば、いいんだよ）

真実を告白し、少女のお情けに縋ったほうがいいのか。

迷いに迷った末、達也は掠れた声で弁明《べんめい》した。

「し、私物が……ほしかったんだ」

「……は？」

「もし何か……理紗ちゃんのものが手に入れば、明後日まで気持ちが落ち着くんじゃないかと思って」

「何かって……何よ」

少女は小首を傾げたあと、ハッとして顔を上げ、達也の真横を足早に通り過ぎた。

クローゼットに歩み寄る姿が目に入り、心臓が張り裂けんばかりに拍動する。

（あぁ、もうだめだっ!!）

最悪の結果を思い浮かべた直後、理紗は扉を開けて中を覗きこみ、そのままピクリとも動かなくなった。

（バ、バレた!!）

再び顔を伏せ、人生最大の危機に身震いする。

家への無断侵入に続いての窃盗と、二重の犯罪行為に手を染めたのである。

ましてや年頃の娘にとって、使用済みのパンティは異性の手には絶対に触れてほしくないもののはずだ。気が遠くなるほどの戦慄に見舞われた達也は、亀のように首を引っこめるばかりだった。

やがて微かな足音に続き、視界の隅に彼女の足が入りこむ。

身が裂かれそうな圧迫感に萎縮した瞬間、抑揚《よくよう》のない声が耳に飛びこんだ。

「……返して」

下着を盗んだ事実を知られてしまい、もはやいっさいの釈明はできない。

理紗との関係は断ち切られ、家庭教師も辞めることになるだろう。

（いや、そんな呑気《のんき》な話じゃない。友香梨さんやおふくろの耳に入ったら……）

警察沙汰になれば、家を追いだされてしまうかもしれない。

拝み倒してでも、それだけは避けなければ……。

達也は土下座したまま、ズボンのポケットから丸めた布地を取りだした。

パンティはすぐさま引ったくられ、罪の意識に打ちひしがれる。

「がっかりだな……まさか、達ちゃんがこんなことするなんて」

「ご、ごめんなさい……」

怖くて、理紗の顔が見られない。

少女は息もつかせず、非難の言葉を浴びせてきた。

「いやらしくて、最低。変態以外の何ものでもないよね？」

「返す言葉も……ありません」

真横から伝わる圧迫感に押し潰されそうになり、あまりの情けなさから涙がこぼれる。嗚咽《おえつ》を洩らして鼻を啜ると、少女はやけに穏やかな口調で問いかけた。

「……反省してる？」

「は、はい……反省してます」

「二度と、こんなバカなことしない？」

「ぜ、絶対にしません！　固く誓います!!」

心優しき少女は、少なからず許す気持ちがあるのかもしれない。藁《わら》にも縋る思いで答えたものの、事がことだけに、そうは問屋がおろさなかった。

「はっきり言って、達ちゃんに対しての気持ちは、１００ポイント下がったからね」

「１００ポイント？　それって、ひょっとして……今は０ポイントということ？」

「当たり前でしょ」

「……ああっ」

信頼を大きく裏切ったのだから仕方がないとはいえ、はっきり告げられると、さすがに消沈《しょうちん》してしまう。

「これからの達ちゃんの行動、しっかり見てるから」

「……え？」

こわごわ顔を上げると、腕組みをした理紗が鋭い目で見下ろしている。そして、間髪を入れずに厳しい条件を提示した。

「達ちゃんは、これから私の召使いになるんだからね」

「め、召使い？」

「そっ！　命令したことは、すべて聞くこと。私に、いやな思いはさせないこと。もちろん、今回のようなことは絶対にありえないから」

召使いという言葉が、胸にグサリと突き刺さる。

大学生の青年が、九歳も年下の女の子から従者《じゅうしゃ》扱いを受けるのである。

本来なら屈辱的なのだろうが、なぜか達也の心は躍りだした。

「あ、あの……ひとつ質問してもいいですか？」

「何？」

「召使いになる期間は、どれくらいでしょうか？」

「そんなの決めてないし、達ちゃん次第だよ。態度によっては、ずっと同じ扱いのままかもね」

「そ、そんなぁ」

「そんな、じゃないでしょ！　自分が何をしたのか、本当にわかってんの？」

「ひっ、ごめんなさい！」

理紗がまたもや目尻を吊りあげ、あまりの迫力に肩を窄める。それでも恐怖心は最初の頃より和《やわ》らぎ、美少女の怒った表情が男心をくすぐった。

(この子のためなら召使いぐらい、どうってことないよな)

十二歳の少女からしてみれば、かなり重い罰則だと考えているのかもしれない。

心の内をおくびにも出さず、まずは大いに反省している素振りを見せる。

(でも……これで、俺のほうから積極的に行動することはできなくなったわけだ)

アレンというボーイフレンドの存在があるだけに、さすがに楽な道のりを期待するのは無理がありそうだ。

「わ、わかりました。これからは、理紗ちゃん……いえ、御主人様の言うことには、いっさい逆らわないことを誓います」

「うんうん、じゃ、今回の件は見逃してあげる」

「あ、ありがとうございます！」

忠信《ちゅうしん》の宣言と感謝の意を示したところで、少女はいつもの人懐っこい口調に変わった。

「ちょっと、いつまでうずくまってるの？　立っていいよ」

「は、はい」

「やだ、まだ泣いてたの？」

「あ、ごめん……自分のバカさ加減が、心の底から悲しくなっちゃって……」

やりこみすぎたと思ったのか、理紗が同情の眼差しを向けてくる。

小悪魔っぽい性格とはいえ、元来はとても優しい女の子なのだ。

(あぁ、やっぱり好きだ、好きだよ)

サクランボのような唇に胸がときめくも、不遜《ふそん》なマネは二度とできない。

そしてもうひとつの気がかりは、理紗のパソコンから遠隔操作のソフトをいまだに削除できていないことだった。

(こっちも、早く解決しておかないと。部屋の中をずっと覗き見していたなんて知られたら、今度こそおしまいだよ)

不安に顔をしかめた瞬間、少女が謎めいた笑みを浮かべ、背筋をゾクリとさせる。

「それじゃ、さっそく、ひとつめの指示を与えまぁす」

「え、な、何？」

「来週の金曜は開校日で、学校が休みなんだ。でね、前の日の夜からママと旅館に泊まりに行くの」

「旅館？　どこの？」

「露《つゆ》のしずく亭」

「あ、高原地にある、あのオシャレな……」

「そっ！　一昨年、建ったばかりなんでしょ？　こっちに帰ってきたときから気になってて、ママに泊まりたいっておねだりしてたの」

広大な土地に建てられた高級旅館は、水着での入浴が可能な七つの露天風呂を売りにしている。地元民のあいだでも話題になってはいたが、となりの県で生活していたため、残念ながら訪れる機会は一度もなかった。

「なるほど……人気のある旅館らしいけど、今の時期の平日なら、すぐに予約できるもんね」

「でね、ママの仕事が終わったあとに行く予定なんだけど、達ちゃんが連れてってくれないかな？」

「へ……俺が？」

「そう！　学校が終わってから、二時間以上も待ちきれないもん。達ちゃん、免許、持ってるでしょ？」

「うん、あ……俺の車で、先に旅館に行きたいってこと？」

「ズバリ、ご名答！」

運転手役もまた、召使いの仕事のひとつなのかもしれない。

それでもリゾート地への誘いは、達也に大いなる期待感を抱かせた。

「温泉で遊んだあとは、旅館内のレストランで食事しようよ。ママには、私のほうから頼んでおくから」

「俺は、食事のあとに帰るんだね？」

「そう、言っとくけど、達ちゃんに断る権利はないんだからね」

美少女と二時間は楽しい時間を共有できるのだから、素晴らしい提案を誰が拒否しようか。

「いい？」

「もちろん、行かせていただきます！」

喜悦《きえつ》を押し殺して頷くと、理紗は距離を詰めながら微笑《ほほえ》んだ。

「ところで……達ちゃん、そんなに我慢したんだ？」

「は？」

「五日間も」

「お、俺は、約束だけは……絶対に破らないよ」

理紗はブレザーを脱ぎ捨て、紅色の舌で上唇をなぞりあげる。

リボンタイとともに小高い胸の膨らみがふるんと揺れ、タータンチェックのプリーツスカートから覗く太腿に鼓動が高まった。

「ホントにゴム輪……外さなかったんだ？」

「う、うん……だから、その……よからぬことを考えちゃったんだと思う」

青い瞳がスウェットズボンの中心に向けられたとたん、欲望の血が下腹部にゆっくり凝集《ぎょうしゅう》した。

「……見せて」

「あ、あの……」

「約束、ちゃんと守っていたかどうか、確認してあげる」

「で、でも……」

「ジョークのつもりだったのに、そこまでしてくれたのなら……」

昂奮ぎみの顔で次の言葉を待ち受ける最中、ペニスがズボンの下で容積を増していく。根元がキリリと痛みだすも、気にかけている暇など微塵もなかった。

「2ポイントぐらいは、信頼度が戻るかも」

「へ……2ポイント？」

予期せぬ言葉に肩を落とすも、これから1ポイントずつ回復していけばいいのだ。

幸いにも、おませな美少女は性的な好奇心に満ちている。

単なる研究材料でも、暇つぶしの相手でもかまわない。彼女の興味の対象でありつづければ、いつかは恋人関係に発展する可能性もあるのではないか。

そう考えた達也は、ズボンのウエストに手を添えて武者震いした。

「わ、わかりました」

「早く見せて」

「……じゃ、脱ぐよ」

ペニスは今や完全勃起し、ゴム輪が根元をギューギューに締めつけているのだ。

猛烈な羞恥に身を焦がすも、ここまで来たら覚悟を決めるしかない。

グレーの布地を下着ごと引き下ろすと、鬱血した肉の塊《かたまり》がぶるんと弾《はじ》けでた。

4

「や、やぁぁンっ！」

理紗は口を両手で覆うも、目は股間の一点から逸らさない。

「あぁ……」

視線を下げれば、怒張は異様な様相を呈していた。

スモモのような宝冠部、横にがっちり張りだした雁首と、根元の枷が血液の逆流を防ぎ、太い青筋が破裂せんばかりに盛りあがる。

自分自身でもおどろおどろしい形状に仰天《ぎょうてん》するのだから、十二歳の少女ならなおさらのことだろう。

「すっごぉい、こんなになっちゃうんだ……まだ、何もしてないのに」

美しい瞳に見つめられるだけで昂奮のパルスが身を灼《や》き、牡の肉はますますいきり勃つばかりだった。

ゴム輪が皮膚に食いこみ、根元に痛みが走りだす。

「ぐ、くうっ」

顔を真っ赤にして呻くと、理紗は眉をひそめて問いかけた。

「……痛いの？」

「あ、う、うん」

「じゃ、小さくしたらいいじゃない」

それが簡単にできるのなら、苦労はしない。

目の前の少女は、男の生理をどれほど理解しているのだろう。

奥歯をガチガチ鳴らし、内股ぎみの体勢から腰をよじる。

よほど滑稽《こっけい》な姿だったのか、理紗はクスリと笑い、罪のない表情で問いかけた。

「外してほしい？」

「は、外してほしいです！」

顔を輝かせて答えるも、少女は一瞬にして困惑する。

「でも……どうやって外したらいいかなぁ。こんなに食いこんでたら取れないし、カッターを使うのはさすがに危ないよね？」

確かに彼女の言うとおり、ゴム輪には遊びがなく、指を通す隙間はまったくないのだ。

「やっぱり、小さくさせなきゃ無理だよ」

「そう言われても……」

五日間の禁欲と美少女に恥部を晒している状況が相乗効果を生み、獣じみた欲望の嵐は少しもやまない。

「それにしても……ホントにすごい。血管が、こんなに膨れあがっちゃって。この前より大きいんじゃない？」

「あ、ふっ！」

人差し指で青筋を撫でられ、こそばゆさに顔をしかめて腰を引く。その仕草が面白かったのか、理紗は含み笑いを洩らし、今度は縫い目と雁首に指を這わせた。

「ふふっ、面白い……おチ×チン、コチコチ」

「あ、ううっ」

ペニスに刺激を受ければ、なおさら萎えるはずもなく、眉尻を下げて戸惑いの言葉を口にする。

「そんなに触ったら、いつまで経っても小さくならないよ」

「あ、そうか。ううん、どうしよう……出せば、小さくなるんだよね？」

「そうだと思うけど……」

「この状態のまま、出せるのかな？」

「えっ⁉」

とんでもない提案に、達也は目を白黒させた。

ゴム輪には伸縮性があるため、確かに射精は可能なのかもしれない。それでも試した経験などないのだから、不安に感じるのは当然のことだった。

（もし射精できなかったら、どんな状況になるんだろ？　でも……こんなに食いこんでたんじゃ、それ以外に方法はないか）

仕方なくコクリと頷くや、少女は何を思ったのか、すぐさまチェストに向かった。

引き出しの中からタオルを取りだし、青い瞳をきらめかせて戻ってくる。そして目の前で腰を落とし、大きめのスポーツタオルを絨毯に敷いた。

「このあたりでいいかな？」

精液で絨毯を汚したくないための準備なのだろう。理紗は納得げに頷き、立ちあがりざま指示を出す。

「いいよ、出してみせて」

美少女の前で自慰行為に耽るのは、やはり恥ずかしい。

ペニスに手を添えて軽くしごいたものの、皮膚が突っ張っているせいか、どうにも具合が悪く、射精欲求はなかなか高まらなかった。

「いつも、そんな感じでしてるの？」

「あ、う、うん……ちょっと違うけど、ゴム輪が食いこんでて、やっぱりやりづらいかな」

「昂奮しないんだ？」

「まあ、その、なんと言ったらいいか……」

「もう、世話が焼けるなぁ」

美少女が唇をツンと尖らせ、身体をピタリと寄せる。バストの膨らみが腕に当たった瞬間、性衝動が息を吹き返した。

さらには柔らかい指が肉幹に絡みつき、甘美な性電流に腰をぶるっと震わせる。

「あ、あぁ」

「どう？　気持ちいい？」

「う、うん……気持ちいいよ」

「私の指だったら、イケそう？」

その質問には答えず、達也は意識的に肛門括約筋を引き締めた。

放出を堪えれば、もっと淫らな奉仕で天国に導いてくれるかもしれない。

究極の快楽を極めたい一心から、射精欲求を無理にでも抑えこむ。

「お、おおっ」

「すごい……鉄の棒みたい」

ふにふにした指腹の感触は十分に気持ちいいのだが、ゆったりした抽送のため、放出願望はなかなか上昇カーブを描かない。

沸点に向かってのぼりつめていくと、根元の痛みが顕著《けんちょ》になり、昂奮のボルテージは下降してしまうのだ。

「あぁン、どうしたの？　手が疲れてきたよ」

「も、もっと……」

「え？」

「もっと、エッチなことしてくれれば、イケると思う」

「エッチなことって？」

「あの、お口でしゃぶったりとか……」

「なんで、私がそんなことしなければいけないの！」

つい甘えたとたん、キッと睨まれ、達也は申し訳なさそうに身を縮めた。

住居侵入に下着窃盗と、蛮行を繰り返していながら、被害者の淫らな奉仕で放出しようというのである。

理紗が怒るのも当たり前なのだが、牡の欲望は際限なく広がり、本能にストッパーをかけることはできそうになかった。

「第一、私の下着盗んで、いったい何をするつもりだったの？」

「……え？」

彼女は顔を目と鼻の先まで近づけ、ペニスを手のひらで弄びながら問いつめた。

かぐわしい吐息が鼻腔をくすぐり、美しい瞳に見据えられただけで脳幹が痺れる。

「何をするつもりだったのかって、聞いてるの」

牡の蛮刀はますます反り返り、亀頭冠が赤黒く変色した。

「あ、あの……」

「言っとくけど、これからは嘘をつくのも禁止だから」

「お、俺……理紗ちゃんのことが、ホントに大好きで……」

「誰も、そんなこと聞いてないよ」

どさくさに紛れて愛の告白をすれば、胸が自然とワクワクしだす。

使用済みのパンティで、何をしようとしたのか。羞恥から舌がもつれるも、忠誠を誓った以上、話さないわけにはいかないのだ。

達也は目を伏せ、途切れ途切れの言葉で白状した。

「パ、パンティの中を……見たり、その……匂いを嗅いだり……」

「やっ!?」

少女は大袈裟に驚き、不潔なものを見るような目を向ける。

「見たの!?」

「見たり匂いを嗅いだのは、ほんのちょっとだけです。早く家から出ていかなければと、そっちのことばかり考えてたから」

「やらし……最低」

侮蔑《ぶべつ》の言葉を浴びた瞬間、性感を撫でられ、ペニスがビクンとしなった。

(あぁ……なんで、こんなに昂奮するんだろ)

相手が最愛の人だからか、マゾヒスティックな性嗜好が刺激されたのか。いずれにしても、責められる立場がことさら心地よく、達也はいらぬことまでぶちまけた。

「は、は、穿こうと思ってました」

「えっ? 嘘っ……入るわけないじゃん」

「無理やり穿きます! 穿いたあとはチ×コしごいて、ザーメンをたっぷり出すつもりでした!」

「し、信じられない……お気に入りの下着なんだよ。そんなことしたら、もう穿けないじゃない」

「洗って返すつもりでした！　あでででっ‼」

口元を思いきりつねられ、あまりの痛みに涙ぐむ。

「けだもの！　変態！」

「も、もうひわけありましぇーん」

怒りが収まらないのか、理紗は顔から離した手をそのままペニスの側面に打ち下ろした。ペチーンという音とともに怒張がメトロノームのように揺れ、続いて反対の手で肉棒の逆サイドをはたかれる。

「あ、おおぉっ」

性器の感覚が麻痺しだしているのか、怒張の横べりを叩かれるたびに甘美な鈍痛と化して全身に拡散《かくさん》した。

「こんなに大きくさせて、どういうつもりなの⁉」

「あ、ふおぉぉぉっ」

身をくの字に曲げ、内股の状態から女の子のように腰をくねらせる。

無様《ぶざま》な姿は承知していたが、今は恰好など気にしていられぬほど愉悦の波間をたゆたっているのだ。

「はあはあはあ、はあぁぁっ」

恍惚の仕置きが終わると、今度はやけに落ち着いた声が聞こえてきた。

「顔を上げて。この下着は、もう捨てるから」

「はっ、えっ？」

顔を起こしたところで異様な光景が目に飛びこみ、心臓がバクンと大きな音を立てる。理紗がスカートのポケットからパンティを取りだし、頭に被せてきたのだ。

「あ、あ、あ……」

「そんなに嗅ぎたいなら、たっぷり嗅いだら？」

下方に伸ばされた布地の縁が顎にかけられ、クロッチが鼻面を覆い尽くした瞬間、フルーティな汗とナチュラルチーズの匂いが鼻腔をこれでもかと燻した。

（あ、おおっ！　り、理紗ちゃんのおマ×コの匂いだぁあぁぁっ!!）

美少女の秘めやかな性臭が脳幹を直撃し、ペニスが臨界点まで膨張する。

ゴム輪の拘束がより強力になり、激しい痛みに悶絶するも、蒸れた媚臭が遠慮なく牡の本能を昂らせる。

「ふふっ……プロレスラーのマスクみたい」

「はあ、はあ」

喘ぎながら目を開けると、確かに視界は遮られておらず、どうやら足を通す裾が目に当てられているようだ。

倒錯的なシチュエーションの連続に、もはや言葉が出てこない。美少女の媚臭が嗅覚を刺激するたびに根元の疼痛《とうつう》は増し、達也は快楽と苦痛のあいだで煩悶《はんもん》した。

ひたすら耐え忍ぶなか、理紗が一転して真顔に変わる。

「昂奮すると、痛くなるんだ？」

「はあふう……い、痛いです」

「さっき、お口でしてほしいって言ったよね？」

「はっ、はっ……え？」

「子供のとき、達ちゃんにされたことはいまだに忘れてないからね。ものすごく苦しかったんだから」

六年前、口の中にペニスをねじこんだ経験は忘れられない。

六歳の少女は口腔が狭く、先っぽまでの挿入だったとはいえ、息苦しかったのは当然のことだろう。

「今度は、達ちゃんにも同じ思いしてもらうから」

「あ、あの日のことは……あっ」

理紗はこちらの言葉に聞く耳を持たず、身を屈めて唇を窄める。そして、ペニスの頭頂部に大量の唾液を滴らせた。

指先で清らかな粘液を全体にまぶされ、男根が妖しい照り輝きを放ちはじめる。

期待から鼻の穴を広げたとたん、少女は腰を落とし、怒張を手前に引っ張った。

「あ、うっ？」

「ふふっ、いいよ。お望みどおり、お口でしてあげる」

「……え？」

「イクときは、ちゃんと言うんだからね。昔みたいに顔にかけたら、絶対に許さないから」

「あ、あ、あ……」

「わかった？」

「は、はいっ！」

まさか、本当におしゃぶりしてくれるとは思ってもいなかった。

今度は無理やりではなく、理紗自ら咥えてくれるのだ。性の先進国に住んでいただけに、フェラチオの知識を得ていたとしても不思議ではない。

外国移住を知らされたときは寂しさを感じたものだが、今となってはスウェーデンさまさまだ。青い瞳に見据えられた瞬間、理紗は唇を広げ、美貌を肉刀の切っ先に近づけた。

(あと、も、もうちょっと)

熱い息が吹きかけられ、怒張が巨大な快感を待ち侘《わ》びて震える。

少女は先端に軽いキスをくれたあと、長い舌を差しだし、根元から亀頭までツツッと舐めあげた。

「あ、うっ」

「痛い?」

「うん、でも……気持ちいいよ」

「ふふっ」

理紗は意味深に笑ったあと、張りつめた宝冠部をぱっくり咥えこんだ。

「あ、むむっ」

ぬっくりした感触に続いて、ねとねとの口腔粘膜が肉胴に絡みつく。

(ああ、昔の理紗ちゃんと全然違う)

六年前と比べると、口の中はやたらぽってりし、包みこむような心地よさを感じる。

少女は口をさらに開け、男根をゆっくり呑みこんでいった。

「お、おぉっ」

ジュププッという淫猥な音を奏でつつ、捲れあがった唇が胴体の表面をすべり落ちていく。彼女は怒張をほぼ根元まで招き入れたあと、顔をゆったり引きあげ、首を軽やかに打ち振りはじめた。

頬をぺこんと窄め、鼻の下を伸ばした容貌がなんともいやらしい。

しかも上目遣いにこちらの様子をうかがってくるのだから、性感は緩むことなく上昇の一途をたどった。

口の中から唾液の跳ねる音が洩れ聞こえ、内から熱い塊が迫りあがる。

十二歳の少女とは思えぬ口戯に驚嘆する一方、輪ゴムが根元をグイグイ締めつけ、痛みもいちだんと高まった。

(あ、す、すごい……こんなことって)

理紗から性教育の話を聞いたあと、達也はスウェーデンの性事情をインターネットで調べた。

ポルノは一九六九年に解禁されており、本格的な性教育は肉体的な条件が整ったという理由から小学六年で行われるらしい。

友人の話を聞いただけではとてもこなせる性技ではなく、理紗は間違いなくフェラチオのシーンを映像で閲覧したことがあるのだ。やがて少女は首を螺旋《らせん》状に振りだし、肉筒にイレギュラーな刺激を吹きこみはじめた。

ぐぽっ、じゅぽっ、ぐぷっ、ぬぽっ、じゅぷん、ぷちゅ、ずちゅ、ちゅぽっ、ちゅぽっ、ぢゅーっ、ぢゅっ、じゅるる！

左右の頬が交互に、まるで飴玉を含んでいるかのように膨れる。

敏感状態と化した亀頭冠がねとついた粘膜にこすられ、口唇の端から小泡混じりの涎がだらだら滴った。

「ああっ、ああっ、ああっ」

口をだらしなく開け、今はただ淫蕩なフェラチオをぼんやり見つめることしかできない。理紗は徐々に抽送のピッチを上げ、今度はリズミカルなストロークで男根を嬲っていった。

「あっ、ぐっ、くっ」

根元の疼きが増すと同時に、射精願望が高みに向かって駆けのぼる。

シャグッシャグッとテンポのいい吸茎音が鳴り響き、口の中を真空状態にしているのか、ペニス全体が口腔粘膜に引き絞られる。

(あ、あ、も、もう……我慢できないよ)

快感が根元の疼痛を上まわったとたん、牡の淫情が堰《せき》を切って溢れだした。

自制という防波堤が砕け散り、白濁液が怒濤のごとく射出口に集まる。

「あ、イクっ、イッちゃう！」

放出の瞬間を訴えると、理紗は剛直を口から抜き取り、半身の体勢から肉胴をしごきまくった。

「おっ、おおっ！」

「いいよ、イッて！」

手のひらで雁首を縦横無尽《じゆうおうむじん》に嬲られ、硬直の屹立が根元を中心に上下左右に激しくぶれる。

「おっ、イック！　イックぅぅ……むおぉぉおっ！」

己《おのれ》のリビドーを解き放とうとした刹那、牡のエキスがゴム輪に堰とめられ、達也は苦悶の表情で身をよじった。

鋭い痛みを感じたのも束の間、荒れ狂う樹液は物ともせずに枷を通過する。

反動をつけたザーメンは一直線に迸り、天高く舞いあがった。

「きゃっ、出たっ！　すっごぉい!!」

少女の発した嬌声は、即座に物悲しげな悲鳴へと変わる。

「やぁぁン！　タオルを飛び越えちゃったよ」

それでも迫力ある射精は収まらず、立てつづけに濃厚なエキスが跳ね飛んだ。

「はふっ、はふっ、はぅぅっ」

放出のたびに根元に痛みが走ったが、甘美な鈍痛感が下腹部を覆い尽くし、筋肉ばかりか骨まで蕩けそうな感覚に酔いしれる。

合計、十回近くは吐精しただろうか。

意識を朦朧《もうろう》とさせたところで、理紗の不満げな声が鼓膜を揺らした。

「もう！　あんなとこまで飛ばして！　どうすんの!?」

「はあはあはあっ」

虚ろな目で確認すれば、スポーツタオルの向こう側にはザーメンの池だまりができている。

美少女の険しい眼差しも目に入らず、精も根も尽き果てた達也はその場に膝から崩れ落ちていった。

第五章　悦楽の幼穴絶頂

1

　翌週の木曜日、達也は学校帰りの理紗と駅で待ち合わせをし、車で拾ってから高原地にある旅館に向かった。

「ふふっ、楽しみ」

　助手席に座る美少女は目を輝かせ、幼児《おさなご》のようにはしゃいでいる。彼女の心は、すでに高級旅館に飛んでいるようだ。

　今日はやけにスカートの丈が短く、すべすべした太腿に早くも気が急《せ》いた。

「着替えとかは？」

「スクールバッグの中に入れてある。あぁン、待ちきれないよ」

「あと五分ほどで着くからね」

「……ふふっ」

「ん、どうしたの？」

「うれしいのは、それだけじゃないんだ……じゃん！」

彼女はバッグの中に手を突っこみ、取りだしたスマホを目の前に突きだした。

「あ……買ったの!?」

「そ、ようやく！　これで、友達とも連絡できるよ。達ちゃん、あとで連絡先の交換しようね」

「うんっ」

スマホを所持していれば、いつでも個人的な連絡を取れる。

少女との距離は、さらに近くなるのではないか。

「お、俺からも、実はプレゼントがあるんだ」

「え、何？」

「後ろの座席に置いてあるよ。茶色の袋が、そうだから」

「見ていい？」

「あ、いや、今、見なくても……」

理紗は最後まで聞かず、後部座席に手を伸ばして紙袋を取った。

緊張に身を引き締めるなか、彼女は中を開けて覗きこむ。

「何……これ？」

「あ、ほら、このあいだのお詫《わ》びというか、代わりのものを贈らなきゃいけないと思って……あはは」

用意したプレゼントは、布地面積の少ない大人の女性が穿くランジェリーだった。

上下お揃いの下着は深紅《しんく》の総レース仕様で、エロチックなことこのうえない代物《しろもの》だ。

「あ、何も出さなくても……」

「やぁン、何、このパンツ！　真ん中が、ぱっくり開いてるよ」

「え、ホント？　インターネットのサイトで買ったから、わからなかったよ」

わざとらしく空とぼけると、少女は甘くねめつけた。

「こんなのプレゼントして、どうしようっていうの？」

「あ、あの……理紗ちゃん、すごく美人だし大人っぽいし、そういう下着も似合うかなと思って」

尖った視線が肌を突き刺し、褒め殺しの文句で機嫌を取る。

「ママにバレたら、とんでもないことになるよ」

「あわわ……見つからないようにして」

「まあ、いいわ。とりあえず、もらっとく」

理紗はツンとした顔で答えると、ショーツを戻した袋をバッグの中に入れた。

（あぁ、よかった……受けとってくれて）

ホッとする一方、達也は先週の土曜の出来事を思いだした。

理紗の要望から日本語の勉強は野外学習となり、ケーキやデザートのグルメ巡りに買い物までつき合わされたのである。

（水着まで買わされちゃったけど、まるでデートみたいだったし、それほど悪くなかったかな）

理紗の美貌は町中でも目立ち、振り返る男たちの数は両指では足りなかった。

優越感に浸る以上に、いっしょにいる男がダサいと思われているのではないかと気にはなったが……。

（そう言えば……理紗ちゃん、どんな水着を買ったんだろ？）

さすがに女性用の水着売り場には入れず、達也はお金だけ渡して店の外で待っていたのだ。

露出の多いビキニか。年齢を考えれば、ワンピースの可能性が高いのだが……。

想像しただけで、股間の逸物がピクリと反応してしまう。

先週の大放出はまさに天国に舞いのぼるような体験で、使用済みのパンティを被せられ、美少女の恥臭を嗅ぎ、根元の拘束が図《はか》らずも寸止めの効果を与えた。

意識が吹き飛び、失神するほどの射精感を味わったのは初めてのことだ。

お宝の下着は持ち帰りたかったが、図々しい懇願などできるはずもなく、気がついたときには顔から外されていた。

(それに……あのときの理紗ちゃん、ものすごい怒ってたもんな)

大量に放たれた液玉の散弾はそのほとんどがタオルを飛び越え、なんの意味もなさなかった。

理紗は怒りに任せるまま再び禁欲生活を命じ、達也はひたすら謝罪したあと、汚れた絨毯の掃除に終始するしかなかったのである。

(でも……まさかまたオナニーを我慢することになるとは思ってもいなかったよ)

ペニスの拘束こそなかったが、御主人様の命令は絶対だ。

達也は自ら自慰を禁じ、この七日間のあいだに欲望の証は副睾丸にたっぷり蓄積されている。

下腹部はすでにムズムズしだし、ペニスは半勃起まで膨張している状態だった。

(今日は、何かしらのアクションを見せてくれるはずだよな。何もなしに帰らされたら、さすがにつらすぎるぞ)

時刻は、午後三時半。友香梨が仕事を終えてから合流するまで、まだ三時間近くもある。

(でも……エッチなことする場所は限られているし、どういう展開になるんだろ？そもそも、俺は宿泊部屋に入れるのか？)

不安を覚えた達也は、さっそく理紗に問いかけた。

「あの、理紗ちゃん」

「ん？」

「部屋の予約は、友香梨さんがしたんでしょ？」

「そうだよ」

「女の人、二人だけで泊まるはずなのに、俺が現れたら、旅館の人に怪しまれるんじゃない？」

「あ、それは大丈夫。一人だけ夕食を済ませたあとに帰るって、ママが伝えたから。一応、達ちゃんはイトコってことにしてあるからね」

「あ、そうなんだ」

イトコという設定なら、旅館側から不審を抱かれることはないだろう。

懸念材料が失せ、いよいよ色めき立つ。

「あ、あの建物じゃない？」

「うん。さあ、着いたよ」

「あぁン、待ちきれないよ」

達也も逸る気持ちを抑えつつ、旅館の敷地内にハンドルを切った。

2

広大な土地に建てられたレトロ風の建造物は、重厚《じゅうこう》かつ静謐《せいひつ》な佇まいを見せていた。

間口の広いエントランス、踵《かかと》まで埋まる絨毯、豪奢《ごうしゃ》なシャンデリアと、ロビーだけなら旅館というより高級ホテルを思わせる。

時間が早いせいか、観光客らしき人影は一人も見られなかった。

「さすがに、きれいな旅館だね」

「うん……確かに」

三階建てと階数こそ少なかったが、一階には洋風と和風のレストランがあり、露天風呂とともに日帰り客でも利用が可能らしい。

「いらっしゃいませ」

女将《おかみ》と思しき和服の女性が、にこやかな顔で近づいてくる。傍《かたわ》らの控えめな初老の女性が、仲居だろうか。

「あ、あの、木口です」

理紗がやや緊張の面持ちで答えると、品のある女性は涼しげな笑みを浮かべた。

「木口様ですね。お待ちしておりました。お部屋のほうはご用意しておりますので、ただ今ご案内いたします。どうぞ、お上がりください。お履きものは置いたままで、けっこうですよ」

「お世話になります」

丁寧な挨拶をされ、いやが上にも恐縮してしまう。

(ホントに……イトコだと思ってるのかな？　瞳の色は違うし、顔も体形も全然似てないけど)

不安に駆られながらも、息をひとつ吐いてからスリッパに履き替える。

「どうぞ、ごゆるりとお過ごしくださいませ」

達也と理紗は女将に頭を軽く下げたあと、藤色の和服を着ている女性に促されるまま廊下の奥を突き進んだ。

「すごく落ち着いてて、雰囲気がいいね」

「……うん」

友香梨は、どんな部屋を予約したのだろう。高級旅館だけに、室内からの眺めはいいのか。

あれこれと想像し、突き当たりの角を曲がったところで眉をひそめる。

(あれ、なんだ？　扉が開いてて、外が見えるけど……空気の通りをよくするための通用口かな？)

仲居は平然と戸口を通り抜け、あとに続けば、地面には石畳が敷かれ、雨よけの屋根が設置されていた。

常緑樹《じょうりょくじゅ》や灌木林《かんぼくりん》が植林された庭のあちこちに、古民家らしき建物が確認できる。

「あ……この旅館、離れがあるのか」

「あれ、達ちゃん、知らなかったの？」

「……うん。知らなかった」

「ふふっ、そうなんだ」

理紗は含み笑いを洩らし、弾むような足取りで歩を進める。

仲居は緩やかなカーブを描く通路のいちばん奥で立ち止まり、漆黒《しっこく》の引き戸を開け放った。

「どうぞ、こちらでございます」

「お邪魔します……わあぁ！」

少女が真っ先に室内に足を踏み入れ、上ずった声をあげる。

入り口には赤い毛氈《もうせん》を敷いた長椅子、木組み格子の窓、上がりがまちの向こうには畳敷きの室内が広がり、内装も和風モダンを意識した造りになっていた。

「きれいだし、静かだし……ベッドもふかふかだよ」

仕切りの奥には低いベッドが二脚置かれ、ふんわりした掛け布団を目にしただけでも寝心地はよさそうだ。

(あぁ……理紗ちゃんと、二人だけで泊まれたらなぁ)

淫猥な光景を思い浮かべ、次第に気が昂りだす。

果たして友香梨が到着する前に、あの布団を使うチャンスがあるのだろうか。

股間を膨らませたところで、お茶を注ぎ終えた仲居がゆっくり立ちあがった。

「お連れ様がお見えになった際には、お電話でお報《しら》せいたします」

「は、はい、わかりました」

「どうぞ、ごゆるりと」

初老の女性は頭を下げてから玄関口に向かい、引き戸を静かに閉めた。

「はあぁぁあっ」

ようやく緊張から解放され、溜め息をこぼして内鍵を閉めにいく。

振り返ると、理紗の姿はどこにもなく、達也は怪訝な顔で室内に戻った。

「あ、あれ……どこに行ったんだ？」

間口の横にある扉をノックしてから開けるも、トイレにはおらず、二、三歩進めば、ベッド脇の奥に引き戸がもうひとつあることに気づく。

半分だけ開いた扉の向こうには、おそらく内風呂があるのだろう。

「達ちゃん、来て」

理紗の声が聞こえてくるや、達也はほくほく顔で奥に向かった。

(脱衣場か……やっぱり風呂があるんだ)

湯煙が立っているのか、磨《す》りガラスの向こうは何も見えない。

「いいの？　開けて」

「うん、早く」

せっつかれて引き戸を開け放つと、達也は予想外の光景に目を点にさせた。

「な、なんだよ……これ……露天風呂だったんだ？」

全長四メートルほどはある長方形の湯殿《ゆどの》に続き、真正面に広がる山並みと渓谷が目に入る。

「あ、あ……」

川のせせらぎに小鳥のさえずりが気分を和らげ、絶景と呼ぶにふさわしい眺めにはもはや溜め息も出てこない。

湯殿の横には木造のラウンジチェアまで置かれており、ぷんと香り立つ硫黄と檜《ひのき》の匂いに心が揺さぶられた。

「こんな部屋に泊まれるなんて、もう最高！」

「ホ、ホントに……すごいや」

「いろいろと慌ただしかったし、ママもゆっくりしたかったみたい。離れの中でも、いちばんいい部屋なんだよ」

「そ、そうだろうね」

素晴らしい景色にしばし見とれるなか、理紗に腕をつつかれてハッとした。

「お風呂、入ろうよ」

「あ、えっと……七つの露天風呂には行かないの？」

「そこは、明日行くからいいよ。せっかくいいお風呂があるんだから、とことん楽しまないと。達ちゃんだって、入りたいでしょ？」

「あ、うん」

一般客にも開放されている露天風呂では、理紗と二人きりになれるはずもなく、ましてや淫らな行為には及べない。

断る理由などあるはずもなく、達也は一も二もなく首を縦に振った。

「じゃ、私は脱衣場を使うから、達ちゃんは部屋の中で着替えてきて」

「わかった」

「あと、これ……」

理紗はバッグの中からヨモギ色の紙袋を取りだし、目の前に差しだす。

「え、な、何？」

「今度は、私からのプレゼント。この前の土曜は、いろいろ奢《おご》ってもらったから」

「プレゼント……マジ!?」

なんて、優しい女の子なのだろう。

うれしさから笑みを返すも、少女の言葉にはまだ続きがあった。

「これに、着替えてくるんだよ」

「へっ……プレゼントって、水着なの？　でも、俺……自分の水着を持ってきてるんだけど」

「いいから……ご主人様の命令が聞けないの？」

何を考えているのかわからなかったが、キッと睨みつけられると何も言えない。

不承不承《ふしょうぶしょう》領くや、理紗はにっこり笑い、手首を摑んで引っ張った。

「早く着替えよう」

「あ、ちょっと……」

「もう！　早くっ」

脱衣場に連れこまれたあと、背中を押されて室内に促される。

「じゃ、お風呂で待ってるから」

「……うん」

浴室の戸がピシャリと閉められると、達也は手にした袋に訝しみの視線を送った。

（はて……あの店、男性用の水着も売ってたのかな？）

何はともあれ、紙袋の口を開けて覗きこみ、口をあんぐりさせる。

「な、なんだよ、これ……ひょっとして、女性用の水着じゃないか？」

中から取りだした代物は、紛れもなくボトムだけのビキニ水着だった。しかもサイドを紐で結ぶタイプのもので、三角形の小さな布地に口元を強ばらせる。

「後ろはＴバックかよ……嘘だろ」

体温が急上昇し、いやな汗が背中を伝う。

（……いじめっ子）

旅館に誘ったときから、理紗は辱《はずかし》めを与えようと考えていたに違いない。年上の青年を苛むことで性的な好奇心を満足させつつ、心の底から楽しむつもりなのだ。用意してきた普通の水着で現れたら、彼女は臍を曲げて口もきかなくなるだろう。

「はあっ……仕方ないか」

デイパックを和テーブルの横に下ろし、ジャンパーとシャツ、ジーンズにトランクスを脱ぎ捨てる。

ペニスはだらんとしていたが、やけにムズムズし、ちょっとした刺激を受けただけでも勃起しそうだった。

（女の子用の水着なんて、入るんだろうか？）

見た目だけならＬサイズに思えるのだが、そもそも男性と女性では骨格からして違うのである。しかもこの小さな三角布地では、屹立状態のペニスを隠すことはできず、間違いなく亀頭冠が上縁から飛びだしてしまうはずだ。

(きっと……滑稽な姿を見て、また笑うつもりなんだ)

気まずげに唇を歪め、ビキニを腰にあてがったものの、どうにもうまくいかない。

「なんだよ、これ。どうやって穿いたらいいんだ？　待てよ……そうか、まずは紐を結んでから穿けばいいのか」

ゴム製の紐は、伸縮性に富んでいる。達也は両サイドをリボン結びしたあと、慎重に足を通していった。

「あれ、ぶかぶかでビキニが落ちちゃう。これじゃ、もう一度締めなおさないと。けっこう面倒だな」

渋い表情をしたとたん、浴室の扉越しに理紗が声をかけてきた。

「達ちゃん。私、先にお風呂に入ってるからね」

「あ、う、うん！　わかった」

今、扉を開けられたら、とんでもない恥ずかしい姿を晒すことになる。顔を火照らせると、反対側の引き戸を開ける音が聞こえ、達也は安堵の吐息をこぼした。

「ふうっ、早く着けちゃおう」

左サイドの紐をきつめに縛り、三角布地をペニスに被せつつ、Tバックを臀裂に食いこませる。

（おおっ……ゴムがやたら伸びるから、なんとか穿けそうだぞ）

右サイドの紐を縛りなおすと、布地が下腹部にフィットし、心地いい性電流が肉筒の表面を走った。

「む、むうっ」

ビキニを身に着けただけなのに悶々としだし、熱い血潮が海綿体に流れこむ。

男根はパブロフの犬とばかりに増長し、宝冠部が上縁からにょっきり顔を出した。

「あぁ、やっぱり！」

慌てて股間を押さえこみ、平常心を取り戻そうと躍起になる。

なんとか萎えはじめたところで下腹部を見下ろすと、やはり三角布地が小さすぎるのか、両裾から恥毛や陰嚢がはみでていた。

（おいおい、この恰好で理紗ちゃんの前に出るのかよ）

指で布地の中に無理やり押しこみ、ビキニを引っ張りあげれば、両サイドの紐が腰にぴっちり食いこみ、ふわふわした不安定な感覚に困惑する。

「大丈夫かな……あ、いいこと思いついた！」

あるアイデアを閃かせた達也は摺《す》り足で浴室に向かい、扉を薄めに開けて中を覗きこんだ。

脱衣場に理紗の姿はなく、やはり入浴したらしい。

洗面台とは逆方向の壁に棚が取りつけられており、バスタオルが置かれている。

手にしたタオルを腰に巻きつけると、ようやく気持ちが落ち着いた。

(でも……すぐに取れって言うんだろうな)

その場しのぎではあったが、恥ずかしい瞬間は少しでも先延ばししたい。

そう考えた達也は顔を上げ、磨りガラスの引き戸に歩み寄った。

3

「理紗ちゃん……入ってもいいのかな?」

「いいよ!」

溌剌《はつらつ》とした声に複雑な思いを抱きつつ、戸を申し訳程度に開ける。

髪をアップにした理紗はすでに湯殿に入り、つるつるの頬を上気させていた。

(あぁ……かわいいなぁ。首筋もピンクに染まっちゃって)

引き戸の隙間から顔を覗かせ、美少女の入浴シーンをしばし満喫する。

源泉は半透明のため、残念ながら首から下の姿は拝めない。

「うーん、すっごくいいお湯だよ。広いから、ちょっと泳いじゃった」

「そ、そう」

「何、ボーッと突っ立てるの？　早く入りなよ」

「あ、う、うん……それじゃ、失礼します」

引き戸を開け放ち、浴室内に足を踏み入れると、バスタオルを目にした理紗が目を吊りあげた。

「う、さぶっ」

高原地の四月の気候はまだ寒く、一瞬にして生毛《うぶげ》が逆立つ。達也は腕を抱えこみ、背中を丸めて身を震わせた。

一刻も早く湯船に入りたかったが、少女の険しい眼差しに怖れをなす。

「あの……バスタオルのまま入るのは……やっぱりだめだよね？」

「だめに決まってるでしょ」

「……わかりました」

腹を括った達也は湯殿の縁まで歩を進め、半身の体勢からバスタオルの結び目をつまんだ。

（この体勢だと、真横から股間が見えちゃうか。もう少し後ろを向いて……）

立ち位置を修正し、タオルを外して、すぐさましゃがみこむ。そして木桶で掬《すく》った源泉を肩からかけたあと、斜め後ろの体勢から湯船に片足を入れた。

「おっ……あ、熱いっ！」

肌がチクリとしたものの、今は一秒でも早く身を隠したい。それでもなくても、剝きだしの臀部を少女に見られているのだ。

（むむっ！　我慢だぁ）

肌のひりつきもなんのその、無理やり湯船に身を沈めて肩まで浸かる。

やがて皮膚が慣れだしたのか、熱さはそれほど感じなくなり、ようやくひと息ついた達也はゆっくり振り返った。

「……あ」

理紗がいつの間にか眼前まで迫っており、真横に移動して肩と肩が触れ合う。

「ふふっ、達ちゃんのお尻、ばっちり見ちゃった」

「見たの？」

「まん丸のお尻だった」

理紗のお尻も見せろと迫りたかったが、もちろん無粋《ぶすい》な言葉はかけられない。

横目でチラチラと様子を探り、裸体と水着を妄想する。

(考えてみれば、俺ばかり見せて、理紗ちゃんの裸はほとんど拝めてないんだよな)

胸とヒップだけは、パソコンの内臓カメラ越しに確認したが、帰国してから生で目にしたことは一度もないのである。

(あ……まだ遠隔操作のソフト、削除してないんだっけ)

当座の懸念材料を思いだした瞬間、理紗の吐息が洩れ聞こえた。

「ふう、すごいきれいな景色。温泉に入ってると、ようやく日本に帰ってきたかなって感じがする」

「スウェーデンに温泉はないの？」

「あるにはあるけど、数は日本より全然少ないよ。なんかテーマパークっていうか、プールみたいな感じでムードがないっていうか……」

「風情《ふぜい》がないってことかな？」

「フゼイ？」

「味わいがあって、気持ちが豊かになることだよ」

「そうそう、それそれ」

あたりを見回せば、確かに気分が和らぎ、緑豊かな絶景に心が洗われる。

（なるほど……友香梨さんも楽しみにしてるんだろうな）

久方ぶりの命の洗濯を邪魔せぬよう、食事を済ませたら、すぐに帰らなければ……。

そう考えた直後、理紗が水音を響かせて立ちあがり、湯殿の縁に腰かけた。

「ふう……熱い」

「あ、あ……」

美少女はワンピースではなく、真紅のビキニに身を包んでいた。

トップもボトムも布地面積が少なく、ウエストのサイドの丈もかなり短い。

ふっくらした乳房の輪郭、むちっとした太腿が目の前に現れ、露天風呂が与えてくれた情緒は霧のごとく消し飛んだ。

（あ、あぁ……モニター越しじゃよくわからなかったけど、こんなに発育がよかったんだ）

緩やかなカーブを描く肉の丘陵も魅力だったが、蜂のように括れたウエストも見逃せない。

湯に濡れた肌が艶々した光沢を放ち、神々しいビーナスを見ているようだ。

それでも牡の本能の成せる業《わざ》か、視線はすぐさま股の付け根に集中する。逆三角形の布地がピチピチに食いこみ、鼠蹊部のきめの細かい肌が目をスパークさせた。

（ああ……こんもりしてて、柔らかそう）

頭に血が昇り、ペニスに硬い芯が注入されていく。

一週間の禁欲生活が多大な影響を与えているのは明らかで、獣じみた性欲を抑えられず、男の分身が節操なく反り返った。

（あ、やべ！　チ×ポが……）

ペニスがフル勃起し、ビキニの上縁から飛びだすも、恥ずかしさを感じる余裕すらなく、荒々しい情欲はとどまることを知らずに上昇した。

「スウェーデンのサウナって、更衣室も男女いっしょなんだよ」

「……え？」

「水着も着ないで、みんな真っ裸でサウナに入るの」

過激な水着でも物怖《ものお》じしないのは、やはり異国の開けっぴろげな慣習が影響しているのだろう。

当然のことながら、少女は乳房も陰部も隠すことなく晒してきたに違いない。

（は、は、はあっ……俺だって、見たいよ）

源泉の高温にあてられ、やがて意識が朦朧としだす。本能だけに衝き動かされた達也は理紗に向きなおり、乙女の三角州にギラギラした視線を注いだ。

「やだ……どこ見てるの？」

「はあはあっ」

もっちりした太腿に鼻を近づけるも、入浴中では体臭が香るはずもない。つきたての餅を思わせる肌質に生唾を飲みこめば、少女は心なしか両足を開いた。

（あ、あっ⁉）

ふんわりした内腿と鼠蹊部の筋がピンと浮き、楕円形の恥丘の膨らみが猛烈な淫情をそそらせる。あまりにも昂奮しすぎたのか、のぼせた達也は頭をクラッとさせた。

「あ、熱い……なんかボーッとする」

「やだ、目が虚ろになってるよ。立って」

理紗が腋の下に手を伸ばし、女の子とは思えぬ力で引っ張られる。

顔面汗だくの状態から立ちあがった瞬間、黄色い声が耳に飛びこんだ。

「やぁン、おチ×チンが出ちゃってる」

「……あ」

意識が混濁《こんだく》して忘れていたが、自分は女性用のビキニを着用していたのだ。

ぼんやりした視線を股間に向けると、怒張はウエスト部分から半分近く飛びだし、陰毛はもちろんのこと、小さなクロッチからふたつの肉玉がはみでていた。

「ああっ！」

「隠しちゃだめ」

少女は大股を開いて美脚を達也の腰に絡め、強引に引き寄せる。ぱっくり割り開かれた秘部がハートを抉り、男のシンボルがなおさら昂った。

「ふふっ、やらし」

白魚のような指がペニスに巻きついても、猛禽類《もうきん》にも似た目は少女の秘園に注がれたままだ。

（こ、こんもりしてて、布地が割れ目の中に食いこんでる。ああ、見たい、触りたい、匂いを嗅ぎたいよぉ）

至極当然の欲求に駆られる一方、肉茎に快感電流が走り抜ける。理紗はいつの間にか純白のビキニを引き下ろし、男根を陰嚢まで剝きだしにさせていた。

指先が繊細な動きを繰り返し、鈴口や雁首、裏筋を執拗に這いまわる。

「む、むむっ」

「コチコチ……また溜めてきたんだ？」

「う、うん。先週、理紗ちゃんの部屋で出してから、ずっと耐えてました」

「先週って……一週間も出してないの？」

「そ、そういう約束だったから！」

昂奮のパルスが脳幹を麻痺させ、喉が干あがると同時に声が裏返った。

「もう……バカみたい」

美少女は呆れ顔で答えるも、従順《じゅうじゅん》な青年の対応に満足げな表情に変わる。

すでに鈴割れから先走りの液が溢れだし、指先とのあいだで淫液がツッと透明な橋を架けた。

「汚い……もうお風呂に入っちゃだめだからね」

「はあはあっ」

涼しげな風が火照った顔や身体を冷まし、ここにきて思考がゆっくり動きだす。

胸から局部まで舐めるように眺め、蠱惑《こわく》的なボディの眼福にあずかる。

「何してほしい？」

「はっ、はっ、はっ……キ、キスしたいです」

息を荒らげて答えると、美少女は目を閉じて顎を突きだした。

「……いいよ」

了承を得てから唇に貪りつき、瑞々しい弾力感を心ゆくまで堪能する。さらには舌を口の中に差し入れ、甘やかな唾液と薄い舌を啜りあげた。

（おおっ、し、幸せ……む、ふっ）

理紗の両指が再びくねりだし、亀頭や雁首、根元や陰嚢を弄られる。

白濁の溶岩流は早くもうねりはじめ、少しでも油断したら、射精まで導かれてしまいそうだ。

息苦しさから唇をほどくと、少女は甘く見据えながら問いかけた。

「キスだけで、いいの？」

「はふっ、はふっ、はふっ」

「ちゃんと言わないと、何もしてあげないよ」

口の中に溜まった唾を飲み干し、満を持して口を開く。

「み、見たいです」

「何を？」

「理紗ちゃんの……おマ×コ」

「そんな、図々しいこと考えてたんだ？」

「す、す、好きだから……男は、好きな女の子のあそこを見たいもんなんだよ」

「キモい」

侮蔑の眼差しを向けられただけで胸の奥がキュンキュン疼き、この子のためなら死んでもいいとさえ思えてしまう。

鼓動を高まらせた直後、腰に巻きついていた足がスッと離れた。

理紗は板張りの床に後ろ手をつき、すらりとした美脚をくの字に曲げる。

「いいよ、脱がせて」

「ホ、ホントに!?」

思いがけぬ言葉に喜び勇《いさ》み、脳幹がバラ色に染まった。

ようやく、六年越しの陰部を目の当たりにすることができるのだ。もちろん断る理由などあるはずもなく、震える手をビキニのウエストに添える。

達也はヒップのほうから布地を剝き下ろし、逸る気持ちを抑えつつ、足首から抜き取った。

両足はいまだに閉じたままなので、肝心の箇所はまだ確認できない。

「そんなに……見たいの？」

「見たい、見たいです！」

間髪を入れずに答えると、理紗は微笑をたたえ、美脚をゆっくり広げていった。

「あ、おおっ」

意識せずとも中腰になり、開かれた股のあいだに顔を寄せてしまう。

身長や体形同様、幼女の頃と比べると、局部も成長の証を見せつけていた。

慎《つつ》ましく生えた恥毛、頂点に息づく肉粒、ツンと突きでた二枚の肉びら。

ピンクの色艶だけは、昔と変わらないだろうか。

肉帯の狭間から深紅色の内粘膜が覗き、とろっとした膣前庭の様相に全身の血がざわつきだす。

理紗はM字開脚の体勢から、陰部を惜しげもなく見せつけた。

(あ、あ、これが……理紗ちゃんの……おマ×コ)

狂おしげな感情が深奥部で吹きすさび、理性やモラルが粉々に砕け散る。達也は迷うことなくしゃがみこみ、秘めやかな淫肉にむしゃぶりついた。

「あ……」

「むふぅぅっ」

「ちょっ、だめ……達ちゃん、やめて! 誰がそんなことしていいって言ったの? や、やぁぁン」

小振りなヒップを両手で抱えこみ、じゅっぱじゅっぱと一心不乱に舐りまわす。

アンズにも似た甘酸っぱい味覚が鼻から抜け、続いてとろみの強い粘液が舌の上に広がる。

「うンっ、私の言うことが聞けないの？　あ、あぁン」

達也は顔を左右に振り、陰唇のあわいに舌先をねじこんではゼリー状の媚肉を舐めたてた。

舌を蠢かせるたびにふしだらな媚臭が立ちのぼり、脳の芯がビリビリ震える。

続いて頂点の尖りに狙いを定め、薄い肉帽子をあやせば、ヌラヌラした肉芽が包皮を押しあげて頭をもたげた。

ちゅばっ、ちゅばっ！　びちゅ、ずちゅちゅちゅちゅっ!!

「う、ふっ!?」

鼠蹊部のなめらかな皮膚が引き攣り、少女が裏返った声を発する。

思い起こせば、彼女は六歳のときもクリトリスで大きな快感を得ていたのだ。

（おおっ、愛液がどんどん溢れてくる。甘じょっぱくて、おいしいよ！）

少女に多大な快美を与えられたら、夢にまで見た結合も現実のものとなるかもしれない。その一心で若芽をつついては弾き、はたまた口に含んで吸いたてた。

「う、ひっ！」

理紗が奇妙な悲鳴をあげ、上体が次第に反り返る。下腹部の震えはいつの間にか全身に伝播《でんぱ》し、恥骨がクイクイと何度も迫りあがった。

（あっ！　あのときも、こんな感じだったぞ。このまま、イカせられるかも……いや、絶対にイカせるんだ!!）

アダルトビデオから得た知識をフル稼働させ、舌先をハチドリの羽根のごとく乱舞させる。頬を窄めてクリットを口中に引きこみ、上唇と舌で挟んでチューチューと吸引する。

「あ、あ、や、イクっ、イ……クっ」

聞き取れぬほど細い声ではあったが、理紗は紛れもなく絶頂への扉を開け放ち、板張りの床に倒れこんだ。

訝しげに様子をうかがえば、彼女はうっとりした表情で目を閉じている。

（たぶん……イッたんだ……あぁ、やりたい、挿れたい）

肉槍は今や青竜刀のように反り返り、鈴割れからは前触れ液が糸を引いて滴っている。六年ぶりの結合を成功させ、麗《うるわ》しの美少女相手に童貞を捨てるのだ。

（今度は、挿入寸前の暴発なんて絶対にしないぞ！）

開かれた足のあいだに腰を割り入れ、すっかり溶け崩れた女芯に羨望の眼差しを注ぐ。万感《ばんかん》の思いを込め、男根の切っ先を恥割れにあてがった瞬間、しなやかな指が宝冠部に巻きついた。

「……あ!?」

「何やってるの？」

「そ、それは……む、ほぉおっ」

理紗はキッとねめつけ、雁首を指先でコリコリとこねまわす。しかも片方の手のひらを敏感な尿道口に押し当て、レンズを磨くように撫でまわした。

「く、わぁぁぁっ！」

思いも寄らぬ反撃を受け、剛槍がビクビクと脈動する。慌てて括約筋を引き締めたものの、自制の結界は脆《もろ》くも崩れ落ちた。

灼熱の塊が内から迫りあがり、亀頭が限界ぎりぎりまで張りつめる。異変を察知した少女がペニスから手を離した直後、濃厚な一番搾りが尿道口から一直線に迸った。

「ぬ、おおおっ！」

「きゃぁぁぁっ！」

放物線を描いた精液は理紗の顔めがけて跳ね飛び、計ったかのように口元を打ちつける。

「ンっ!?」

顔を背ける彼女を愕然と見下ろすなか、第二陣、三陣の白濁液が宙を舞い、細い首筋から胸元に降り注いだ。

六年の時を超え、同じシチュエーションが再現される。

（あ、ああ……またやっちまった）

こんなことになるのなら、前日に精を抜いておけばよかった。

後悔に顔を歪めるも、今となってはあとの祭りだ。桜色の肌は大量の樹液をまとい、こじんまりした縦長の臍は池だまりと化している。

（や、やばい）

細い眉がピクピク動き、少女が唇をキュッと噛みしめる。

みるみる不機嫌になるご主人様を、達也は泣きそうな顔で見つめていた。

4

「もう……最悪」

「……ごめんなさい」

シュンとする達也を尻目に理紗が立ちあがり、小走りで洗い場に向かう。そしてシャワーの栓をひねり、身体に付着した汚液を洗い落としていった。

(なんてこった……またザーメンをぶっかけちゃうなんて。なんの成長もしてないじゃないか)

恥ずかしくて顔を上げられず、床に滴った白濁液を恨めしげに見つめる。木桶で掬った湯で精の残骸《ざんがい》を排水溝に流すあいだ、達也はあまりの情けなさに目を伏せた。

「こっちに来て」

「え……あっ」

視線を向けると、少女はいつの間にかトップを脱ぎ捨てて全裸になっていた。なめらかなボディラインに目が奪われ、その場から少しも動けない。

「早くっ!」

「あ、は、はいっ」

湯殿から上がった達也は精液まみれのペニスを手で覆い、小股で少女のもとに突き進んだ。

美しい球体を描く乳房、薄い皮膚にまとわれた腹部、くっきりしたY字ラインにこんもりした恥丘の膨らみが眩しくて見られない。

すぐさま俯くと、今度は長いおみ足に胸が高鳴った。

「手、どけて」

「あ、あの……何を？」

「隠してたんじゃ、洗えないでしょ」

シャワーの栓はまだ開いたままで、汚れた恥部を洗ってくれるのだろうか。

半信半疑で手を離すと、理紗はシャワーヘッドを股間に向け、温かい湯がペニスにへばりついた残滓を洗い落としていった。

「あ、ほおぉっ」

手のひらが陰嚢から裏茎を撫であげ、快感の火花が深奥部でバチバチと弾ける。

萎えはじめていたペニスが回復の兆《きざ》しを見せはじめると、指がまたもや肉胴に絡みつき、シコシコと上下にしごかれた。

「やぁ……出したばかりなのに、また大きくなってきた」

「はふっ、はふっ」

指先が雁首から亀頭をくるくると撫でさすり、完全屹立した剛直が下腹にべったり張りつく。

一週間の禁欲を強《し》いた牡の肉は、一度きりの射精では満足できなかったらしい。

「はあはあ……り、理紗ちゃん」

「あァン、ちょっと……まだ洗ってるんだから」

唇を突きだしてのキスに、少女は顔を背けて躱《かわ》し、達也が穿いていたビキニの紐をほどいて布地を股ぐらから引き抜いた。

「……あ」

これで二人とも一糸まとわぬ姿になり、いやが上にも甘い予感に取りすがる。

(あ、あ、このあとは……どうなるんだ?)

やや緊張の面持ちで待ち受けていると、理紗はシャワーの栓を閉め、男根をキュッと握りしめて歩きだした。

「あ、うっ、ちょっ……どこへ?」

「いいから、こっちに来て。悪いおチ×チンに、たっぷりお仕置きするんだから」

「えっ?」

どうやら、淫らな行為はまだ続きがあるらしい。ハラハラドキドキした直後、少女はラウンジチェアを指差した。

「仰向けに寝て」

「……は?」

「早く」

もちろんご主人様の命令には逆らえず、チェアを跨いで寝そべると、下腹部が余すことなくさらけだされる。

羞恥に身悶えるも、今は昂奮度のほうが圧倒的に強く、肉筒が待ちきれんばかりにしなった。

「全然、小さくならないじゃない」

「ご、ごめん」

先週のペニス拘束とビンタが脳裏をよぎり、昂奮がまったく収まらない。

体温は少しも下がらず、全身は火のごとく燃えさかっていた。

理紗がチェアの真横に跪《ひざまず》き、怒張を摑んで上下に振りたてる。そして唇をO状に開き、亀頭冠をぐっぽり呑みこんでいった。

「む、むうっ」

柔らかい唇、なめらかな舌の感触に性感が撫でられ、猛々《たけだけ》しい性欲が瞬く間に息を吹き返す。

少女は男根に唾液をたっぷりまぶしたあと、首を軽やかに打ち振った。

「く、くほぉ」

じゅっぽじゅっぽと淫猥な音が鳴り響き、快感に身をよじって耐え忍ぶ。

根元を指で引き絞り、さらには陰嚢を手のひらで転がし、少女とは思えぬテクニックで快美を吹きこんでいった。

(あ、ああ……しょっぱなから激しすぎるよ)

このまま連続射精させるつもりなのか、それとも寸止め行為で悶絶させるのか。

甘美な仕置きに気を昂らせた瞬間、理紗はペニスを口から抜き取り、すっくと立ちあがった。

(……あ)

目を見開くなか、彼女は達也の腰を跨がり、男根を垂直に起こす。

呆然としているあいだに宝冠部が割れ目にあてがわれ、達也はこの時点で現実に引き戻された。

(え、え……自分から?)

美少女との結合は渇望していたが、まさかこんな展開になろうとは……。

処女の花を散らすには、相応の痛みを伴《ともな》うことになる。

果たして、騎乗位の体勢から挿入は可能なのか。

いくら発育がいいとはいえ、十二歳という年齢を考えれば、不安になるのは当然のことだ。

それでも肉槍は萎える気配もなく、めくるめく交情を今か今かと待ちわびた。破瓜の痛みの知識がないとは思えなかったが、もしかすると理紗自身も自制できないほど昂奮しているのかもしれない。

ほっそりした小陰唇がくぱぁと開き、紅色の粘膜が切っ先を捕食した。

「む、むうっ」

ねとついた媚肉の感触にゾクゾクするも、少女の膣口はやはり狭く、男根を容易に受けいれない。

「あ、あ……キツい……達ちゃんの……大きいよ」

「だ、大丈夫？」

「……うん」

理紗は苦渋の表情を浮かべたものの、健気《けなげ》にもヒップを沈めていく。

(も、もうちょっとだ……あとちょっとで、えらが入る)

猛烈な肉の圧を受け、雁首に疼痛が走った刹那、亀頭が膣口をくぐり抜けた。

「あ、ンっ!?」

「む、ふうぅっ」

ヌルリとした感触に続いて、媚肉が先端をギュンギュン締めつける。

（あ、やっぱり……キツい。でも……おマ×コの中って、こんなに熱いんだ。チ×ポが溶けちゃいそうだよ）

肉洞の火照りに驚嘆するも、男根はまだ宝冠部が埋めこまれただけだ。

心配そうに仰ぎ見れば、痛みがあるのか、少女は口を真一文字に結んでいた。

「あ、ン、ンっ」

性欲の嵐は収まらなかったが、悲愴感に満ちた表情にいたたまれない気持ちになる。

「り、理紗ちゃん」

小さな声で呼びかけると、彼女は目をうっすら開け、儚げな微笑を返した。

「動いちゃ、だめだからね」

「あ、あの……」

「ン、ンふぅ」

頭の隅では中止も考えたのだが、理紗はまたもや顔を歪ませ、ヒップをそろりそろりと落としていく。

（あ、あ……入る、入ってく）

今はただ結合部を眺めるばかりで、男根は少しずつ膣内に埋没し、やがて恥骨と恥骨がピタリと合わさった。

「あ、く、はぁぁっ」

身を硬直させていた理紗は息を大きく吐きだし、涙に濡れた青色の瞳を向ける。

（あ、やった、やった……夢じゃないよな？）

見目《みめ》麗しい少女と、ついに結ばれたのだ。

同時に童貞喪失を叶え、生きていてよかったと心の底から思った。

大人になった喜び以上に、全身の細胞が理紗に対する愛情一色に染められる。

「はあっ……達ちゃんのおっきすぎて、あそこがいっぱい。なんか、木の棒が挟まってるみたい」

「い、痛くないの？」

「最初は痛かったけど、今はそれほど感じないかも」

破瓜の痛みは個人差があり、初体験から快楽を得るケースもあるらしい。

インターネットのエロサイトから得た情報を思いだした達也は、喉をゴクリと鳴らした。

ペニスは最大限まで膨張し、睾丸の中の精液は出口を求めて荒れ狂っているのだ。

できることなら腰をいやというほど振りたて、至高の放出を迎えたい。

理性と本能の狭間で逡巡する最中、あえかな腰がピクリと揺らいだ。

「達ちゃんは、じっとしててね」

「う、うん」

恥骨が前後に蠢きだし、ヒップが小さなグラインドを開始する。

わずかな振動ではあったが、肉胴の表面が膣襞にこすられ、快感度数は緩やかな上昇カーブを描いていった。

「お、おうっ」

生温かい淫液が結合部から溢れだし、抽送がややスムーズになる。

筋張った男根に、破瓜の血は付着していない。

テラテラと輝きだす肉根を惚けた顔で見つめつつ、達也は女肉が与える快感に心酔《しんすい》していった。

心なしか膣壁がこなれだし、胴体にべったり張りついては揉みしごくのだ。

理紗の様子をチラリと探れば、苦悶の表情こそ変わらなかったが、いつの間にか目元が紅潮し、半開きの口から熱い吐息がこぼれていた。

切なげな容貌が庇護欲をあおり、思いの丈が堰を切って溢れだす。

「ああ……理紗ちゃん……好きだ……大好きだよ。俺、理紗ちゃんのためだったら、なんだってするから」

無意識のうちに愛の告白をすれば、美少女は微笑を浮かべてはにかんだ。

「ん、むむっ！」

腰の律動が顕著になり、パチンパチンとヒップが太腿を打つ音が洩れ聞こえる。

ぬらつく怒張が抜き差しを繰り返し、肉の振動が粘膜を通してはっきり伝わった。

秘肉の狭間から滲みだした愛蜜が淫靡な音を奏で、こなれた媚肉がペニスを上下左右から締めつける。

一度放出していなければ、とっくに射精を迎えていただろう。

「あ、はっ、はっ、はぁぁあン」

少女を目を閉じたまま、前屈みの体勢からピストンの速度を上げていった。

「お、おうっ！」

破瓜の痛みはないのか、無理をしているのではないか。

不安げな眼差しを送るも、人間らしい感情は肉悦の渦に巻きこまれ、本能だけが一人歩きを始める。

（あぁ……イキたい、出したいよぉ）

ペニスに走る搔痒《そうよう》感に耐えられず、まろやかな双臀を抱えこんだ達也は腰をクンと突きあげた。

「あ、ひっ！」

男根が破瓜の傷口を抉ったのか、理紗は悲鳴をあげて眉をたわめる。それでも性衝動はとめどなく膨らみ、腰の動きが止まることはなかった。

「ぬ、おぉぉっ」

「だ、だめっ……達ちゃんは動いたら……ひンっ」

ご主人様の命令は絶対なのだが、解き放たれた牡のリビドーに抗えない。

達也は下から恥骨をガンガン打ちつけ、全身の毛穴から汗を噴きこぼした。

「やっ、やっ、やあぁぁあぁっ！」

ピストンのたびに、お椀形の乳房がワンテンポ遅れて上下する。アップにしていた髪がはらりとほどけ、しなやかな肉体がトランポリンをしているかのように弾む。

痛みから下腹部に力を込めているのか、媚肉の締めつけはより強くなり、ペニスの芯がジンジンと疼きだした。

できることなら少女の肉体に忘れられぬ快楽を植えつけたかったが、童貞を捨てたばかりの青年にそんな余裕があろうはずもない。

「あ、あ……イキそう、イキそうだ！」

射精のコントロールすらできぬまま、顔を真っ赤にして放出間際を訴える。

理紗は髪を振り乱し、今にも泣きそうな顔で呟いた。

「いいよ……出して」

「えっ、いいの!?」

「うん……生理、三日前に終わったばかりだから、大丈夫だと思う……あ、ンっ!?」

中出しの許可を受けたとたん、霊験《れいげん》あらたかとばかりにパワーが漲った。

なめらかな腰に指を食いこませ、怒濤のピストンから子宮口を何度も小突く。コリコリした膣壁の摩擦と温もりを堪能しつつ、甘襞を巻きこんでは深度を高める。

「あっ、やっ、ンっ、だめ、あ、はぁあぁぁっ！」

駄々をこねる肉を掻き分け、突けば突くほど快感が増した。

(ああ、すごい！　気持ちいい！　気持ちよすぎるっ!!)

愛情というスパイスが悦楽を増幅させているのか、今の達也はまさに法悦のど真ん中に位置していた。

肌から乙女のフェロモン、結合部から酸味の強い性臭が放たれ、淫猥な女体の薫《かお》りが青年を頂点にいざなう。

「あ、も、もうイクっ、イクよぉ！」

「ひぃうっ！」

掘削《くっさく》の一撃を叩きこんだ瞬間、理紗が金切り声をあげ、達也は蜜壺の中へ性の号砲を轟かせた。

「イクっ！　イックぅぅぅっ!!」

臀部をチェアから浮かしたまま、おびただしい量の精汁が体外に放たれていく。

脳神経が破壊されそうな快楽に身を委ね、この世のものとは思えぬ喜悦に心ゆくまで浸った。

「はっ……はぁぁぁっ」

男子の本懐《ほんかい》を遂げ、魂を抜き取られたような顔で吐息を洩らす。チェアにぐったり身を沈めたところで、理紗が糸の切れた操り人形のごとく覆い被さってきた。

激しく波打つ胸が合わさり、高らかな心臓の音が共鳴しあう。

汗が絶え間なく滴り落ち、寒さはまったく感じない。

達也は理紗を力強く抱きしめ、自分だけのものにしたという達成感に愉悦した。

(おマ×コの中がひくついてる……もう一回ぐらい、できそうかも)

ベッドの中での情交を妄想した直後、少女は顔を胸に埋めたままぽつりと告げる。

「……達ちゃん」

「ん？」

上体を起こした理紗は、息を大きく吸いこんでから目を吊りあげた。

胸板を手のひらでバッチーンと叩かれ、猛烈な痛みに眠っていた神経が起きる。

「ぎゃっ！　いってえっ！」

「動いちゃだめって、言ったのに！」

「ひぃぃ……ご、ごめんなさいっ！　許して！」

「だめっ！　今度は、もっときついお仕置きするから！」

どんなときにも、少女の見せる表情や振る舞いは愛らしい。

ヒリヒリする胸の痛みも、今の達也にとっては至福のスキンシップでしかなかった。

第六章　禁断の愛欲の果て

1

翌日の金曜、達也は自室のベッドに寝転び、昨日の出来事を思いだしては悦に入っていた。

美少女の女肉を目に焼きつけ、匂いを嗅いでは舐めまわし、ついに念願だったひとつに結ばれたのだ。

もちっとした肌はもちろんのこと、柔らかくて熱い媚肉の感触も忘れられない。

目を瞑《つむ》れば、美しい容貌とスタイル抜群のボディが浮かび、スウェットの下のペニスがムクムクと反応した。

「あぁ、理紗ちゃん」

本音を言えば、さらに甘いひとときを過ごしたかったのだが、友香梨の来訪が早まったため、いやでも控えるしかなかったのである。

二回の放出ではとても物足りず、男の証が臨戦可能な態勢を整える。

(あぁ、やばい、センズリしたくなってきた。でも……明日は家庭教師の日だから、理紗ちゃんと会えるしなぁ)

男女の関係を再び結べる可能性がある以上、ここで射精してしまうのはもったいないという思いもある。

達也は熱っぽい表情で、壁時計をチラリと見やった。

時刻は午後三時過ぎ、理紗は果たして自宅に戻っているだろうか。

(友香梨さんは二時から仕事だって言ってたし、そろそろ帰ってきてもいい頃なんだけど)

達也の目が、机の上に置かれたスマホに向けられた。

すでに昨日のうちに連絡先やラインの交換は済ませており、その気になれば、すぐにでも連絡はつくのだ。

(どうしよう……昨日の今日じゃ、ちょっとあからさますぎるかな)

理紗とは今のところ主従関係にあり、主導権は紛れもなく彼女が握っている。

それがなぜか心地いいのだが、積極的に迫れないデメリットもあるのだ。

「あぁ……どうしよう」

体積を増しはじめた肉茎を撫でさすった瞬間、スマホが軽快な着信音を響かせ、慌てて身を起こせば、ラインの通知が目に飛びこんだ。

（み、理紗ちゃんからのラインだっ！〈帰ってきた〉って⁉）

スマホを手に取り、息せき切ってアプリを開くと、すぐさま次のコメントが表示される。

〈私、今、何してると思う？〉

意味深な問いかけに、達也は口元をにやつかせた。

着替えの最中なのか、それともシャワーを浴びて全裸なのか。

昨日は行為のあとに胸板を強く叩かれたが、性交したことで、恋人関係に一歩近づけたのかもしれない。

「お、また来た！ ふぅむ、〈今、暇なの？〉と」

とりあえず当たり障《さわ》りのない答えを返したものの、いつまで待っても返信はなく、次第に焦《じ》れったさを覚える。

（どうしたんだろ？　ひょっとして……寝ちゃったのかな？）

午前中は、高級旅館の敷地内にある七つの露天風呂に行くと言っていた。遊び疲れて、うたた寝していることも十分考えられる。

待ちくたびれた達也はベッドから立ちあがり、パソコンの置いてある机にゆっくり向かった。

男女の関係を築いた今、内蔵カメラでの覗き見はもちろん、録画した理紗の半裸映像でオナニーする必要もないのだ。

（こ、これで最後だ。心配だし……何をしてるのか、様子をちょっと見るだけだ）

言い訳を取り繕いながらパソコンを起ちあげ、遠隔操作から少女の室内をモニターに映しだす。

「……あっ⁉」

次の瞬間、達也は大きな悲鳴をあげた。

背筋が凍りつき、トンカチで頭を割られたようなショックに愕然とする。

理紗は一人でなく、ボーイフレンドのアレンといっしょだった。

しかも彼はズボンと下着を足首まで下ろし、屹立したペニスを剥きだしにしていたのである。

2

(う、嘘だろ、なんで……)

画面に映った光景が信じられず、いやな汗が背中を伝う。

理紗はベッドに腰かけ、目の前に立つアレンの怒張に指を絡めた。

細い指が肉茎をしごくと同時に包皮が捲り下ろされ、生白い亀頭冠が晒される。

『オ、オオゥッ』

よほど気持ちいいのか、金髪の少年は天を仰ぎ、中性的な声で喘いだ。

先走りの液が溢れているのか、にちゅくちゅという猥音がスピーカーから響きたつ。

(ど、どうして……)

麗しの美少女は昨日、乙女の大切なものを捧げてくれたばかりなのである。

その翌日に他の男を部屋に招き入れ、淫らな行為に耽るとはとても考えられない。

しかも間際に、わざわざ含みを持たせた連絡まで入れてくるとは……。

彼女の心の内が理解できず、なぜの嵐が脳裏を駆け巡った。

理紗は怒張に唾液を滴らせ、律動のピッチを上げていく。やがてひょろりとした牡の肉に顔を近づけ、朱色の舌を差しだした。

「あぁ……やめろ、やめてくれ！」

見たくないと思う反面、どうしても画面から目が離せない。

少女は艶やかな唇を開き、細長い男根を口中にゆっくり招き入れていった。

顔から血の気が失せ、握りしめた拳がぷるぷる震える。

理紗はゆったりしたスライドから顔の打ち振りを速め、くっちゅくっちゅと淫らな吸茎音が洩れ聞こえた。

しかも首を螺旋状に振り、男根にきりもみ状の刺激まで吹きこみはじめたのだから、呆気《あっけ》に取られるばかりだ。

アレンは口をへの字に曲げ、細い腰を盛んにくねらせた。

射精欲求が早くも頂点に達したのか、両足が小刻みな痙攣を繰り返している。

唾液に濡れた唇、スカートの奥の暗がり、そして裾から覗くむちっとした太腿がとてつもなく官能的だった。

『ス、ストップ……ストップ』

我慢の限界に達したのだろう。

少年が嗄《しゃが》れた声で制し、肉棒が口から抜き取られる。二人は何かしらの言葉を交わしたが、声が小さいうえに英語のため、よく聞き取れない。

程なく理紗がひと言告げると、アレンはシャツを頭から剝ぎ取り、その場足踏みでズボンとパンツを脱ぎ捨てた。

「あ、あ……ちょっと待ってくれよ」

悲痛な思いに胸を締めつけられ、つい泣き声で懇願してしまう。

理紗が立ちあがりざまスカートの中に手を入れたとたん、嫉妬と怒りから悔し涙がこぼれた。

純白のコットンパンティではない。十二歳の少女が穿くものとは思えぬ淡いブルーのシルク生地が、太腿の上をするする下りてくる。

彼女は下着を足首から抜き取るや、ベッドに深く腰かけ、プリーツスカートをたくしあげて誘いをかけた。

少年は目をきらめかせ、四つん這いの体勢からベッドに這いのぼる。

「だ、だめだ……だめだよ」

こちらの声が届くはずもなく、抜けるように白い下腹部がさらけだされた。

乙女のつぼみはぱっくり割れ、愛液らしき粘液が照明の光を反射してきらめく。

アレンはしゃにむに女芯へかぶりつき、理紗の目が瞬く間に虚ろと化した。

（は、離れろ……俺の理紗ちゃんだぞ、俺のおマ×コだ！）

奥歯をギリリと噛みしめるなか、ぴちゃぴちゃと卑猥な音が響きたち、二人の熱い吐息が交錯《こうさく》する。

少女はヒップをくねらせ、自ら快楽を享受《きょうじゅ》しているように見えた。

もはやクンニリングスでは我慢できないのか、少年はすぐさま身を起こし、すらりとした美脚のあいだに腰を割り入れる。この時点で達也のショックと悲しみは極みへと達し、この世から消えてなくなりたいとさえ思った。

鼻息を荒らげ、目を血走らせる姿から察すれば、アレンにとっては初体験になるのではないか。

精神的余裕は微塵も感じられず、まるでこれまでの自分を見ているようだ。

「あ、あ、もしかして……」

理紗と結ばれたとはいえ、頭の隅にへばりついていたひとつの不安が浮き彫りになる。情交を終えたあと、ペニスに破瓜の血はいっさい付着していなかった。

前日に処女を喪失した少女が、別の男とまぐわうことなどありえない。

膣道に痛みがないということは、理紗はバージンではなかったのだ。

「あ、あぁ」

この悲しみ、虚《むな》しさを、いったいどこにぶつけたらいいのか。

人間らしい感情が壊れてしまったのか、ただ呆然とモニターを見つめるなか、少年は肉刀の切っ先を恥割れに押し当てた。

艶やかな陰唇が左右に割れ、小さな亀頭冠をゆっくり呑みこんでいく。

貧弱な勃起が根元まで埋めこまれると、アレンは大口を開けて咆哮《ほうこう》し、がむしゃらに腰を振りたてた。

『あ、あンっ、あぁぁン』

少女はか細い嬌声をあげ、ピストンのタイミングに合わせて下からヒップを揺すりあげる。

正常位の体勢ではあったが、理紗がイニシアチブをとっているのは明らかだ。

情けないことに、悩ましい腰づかいに股間の逸物が反応し、自分の意思とは無関係に男根が重みを増していく。

「は、はあ、はあっ」

ここに来て思考が働きだし、熱い感情が心の奥底から溢れだす。

理紗が他の異性と関係を結んだから、なんだというのか。

どんなことがあろうと、好きだという気持ちは変わらない。この程度のことで、彼女への想いは揺らがないのだ。

我を取り戻したものの、そう簡単に割り切れるはずもなく、沈痛な面持ちで二人の情交を見つめる。

やがて幼いセックスの終焉《しゅうえん》は、いとも呆気なく訪れた。

アレンは挿入してから三分と経たずに雄叫びをあげ、臀部の筋肉を引き攣らせる。時間の流れが止まり、室内がしんと静まり返る頃、達也は溜め息をついて肩を落とした。

(……中出しかよ)

男根が膣から引き抜かれ、英語で会話する二人をぼんやり見つめる。理紗は何かしらの指示を出し、アレンはベッドから下り立つや、すぐさま画面から姿を消した。

彼は、いったい何をしているのか。

固唾《かたず》を呑んだ直後、理紗は気怠《けだる》げに上体を起こし、微笑をたたえながら呟いた。

『達ちゃん、見てるんでしょ?』

頭の中が真っ白になり、口をぱくぱく開け放つ。

(え、な、なんだ……何を言ってるんだ?)

愕然として身を強ばらせるなか、少女は内臓カメラのレンズを見据えたまま言葉を続けた。

『とっくにわかってるんだから。アレンはシャワーを浴びにいったけど、すぐに帰すから、四時頃にこっちへ来て』

「あ、あ……」

『もし来なかったら、どうなるか……わかってるよね？』

理紗は最後に念を押し、甘く睨みつける。

プレゼントしたパソコンに遠隔操作のソフトが入っていたことを、彼女は知っていたのだ。

（やばい、やばいぞ……どうしてわかったんだ？）

間男との情交に続き、とんでもない告白が青年を奈落《ならく》の底に突き落とす。

凄まじい恐怖心に身が竦み、唇の端がわなわな震えた。

『わかったら、今すぐラインを送って』

行きたくはなかったが、悪行を知られてしまった以上、行かないという選択肢はない。今の自分にとって、彼女は絶対的な君主《くんしゅ》なのだ。

達也は傍らに置いていたスマホを手に取り、夢遊病者のような顔つきで返答の文字を打っていった。

3

(あぁ、怖い……怖いよ)

約束の時間の十分前を迎え、泣きそうな顔で部屋の中をうろつく。

窓の隙間からとなりの家の様子をうかがえば、アレンが玄関口から姿を現し、やや軽やかな足取りで門扉を通り抜けていった。

「さっぱりした顔しやがって……くそガキがっ」

小さな声で悪態をつき、死んでしまえとネガティブな念を送る。少年が視界から消え失せると、いよいよ緊張がピークに達した。

(……行かなきゃ)

深呼吸をしてから部屋をあとにし、階段をためらいがちに下りていく。

サンダルをつっかけて玄関扉を開ければ、すっかり西に傾いた太陽の陽射しがやけに眩しかった。

(とんでもないことになっちゃったな。やっぱり、とっとと削除しておくべきだった。でも……)

悪質なソフトの存在を、彼女はとっくに気づいていた。

それならば、なぜ昨日のうちに咎《とが》めなかったのだろう。非難するどころか、淫らな誘いをかけ、男女の契《ちぎ》りまで結んだのである。

少女の目論見《もくろみ》がわからないだけに、恐怖心が余計に増す。

（ええい、男だろ！　卑劣なことしたんだから、ちゃんと責任取らないと!!）

達也は頬を両手で張り、大股でとなりの家に向かった。

門扉から玄関口までズンズンと突き進み、インターホンを押してから扉を開ける。

次の瞬間、男の決意は脆くも崩れ去った。

バスタオル姿の理紗が腕組みし、仁王《におう》立ちしていたのである。

いつもは美しい碧眼が、このときばかりは冷たいガラス玉に見える。

「あ、あ……」

「早く入りなさいよ」

「は、はい」

達也は扉に続いて内鍵を閉めたあと、間口に上がるや、彼女の眼前で土下座した。

「す、すみませんでした！　ごめんなさいっ!!」

床に額をこすりつけるのは二度目となり、情けないことこのうえない。

果たして、どんな言葉を投げかけられるのか。肩を竦めて待ち受けていると、階段を昇る音が聞こえてきた。

（……え？）

そっと頭を起こせば、理紗は足を止め、肩越しに言い放つ。

「そんなのいいから、私の部屋に来て」

「あ、う、うん」

達也は素早く立ちあがり、やや俯き加減であとに続いた。

平然とした表情に、なおさら少女の怒りを感じてしまう。部屋に足を踏み入れた直後、牡と牝の淫臭が鼻先に漂い、反射的に顔をしかめた。

つい先ほど、この部屋で男女の営《いとな》みが行われたのだ。

嫌悪に続いて嫉妬心が湧きあがるも、今の自分に彼女を批判する資格などあるはずもない。

理紗はベッドに腰かけ、達也は項垂《うなだ》れたまま部屋の中央に佇んだ。

「私、けっこうパソコンは得意なんだよ。向こうの家にもパソコンはあったし」

「え？　そうだったの？　なんで、知らないフリしたの？」

「タイプが違くて、戸惑ってたのは本当。初日から机にかじりついて勉強もしたくなかったし、だから初心者のフリしたの」

確かに、その後はパソコンのレクチャーはしていない。システムの違いこそあれど、脳みその柔らかい少女はすぐに使用法を理解したのだろう。

「それでね……今週の月曜、セキュリティソフトを入れてみたの。そしたら……」

みなまで聞かなくても、わかる。

ウィルス除去のソフトは、遠隔操作の悪質ソフトを検知したに違いない。

達也は絨毯に跪き、苦渋の顔つきから頭を垂れた。

「もう、びっくりしたよ。まさか、部屋の様子をずっと観察されてたなんて」

「あ、あの……」

「何？」

「ずっと覗いてたわけじゃないんだ。言い訳になるかもしれないけど、あのソフトはチャーの様子をスマホから見るためにインストールしたもので、削除するのを忘れただけなんだよ」

「クリーンインストールなら、あのソフトはあとから入れたってことになるけど」

「え……あ、いや、クリーンインストールの仕方がわからなくて、俺のデータだけ捨ててプレゼントしたんだ」

言葉どおり、彼女はパソコンにかなり詳しいようだ。

苦しい釈明に腋の下が汗ばみ、後ろめたい気持ちから目を合わせられない。

「達ちゃん、昔と全然変わってないね」

「……は？」

上目遣いに様子を探れば、少女は柳眉《りゅうび》を逆立てており、背筋に悪寒が走った。

「子供の私に手を出して、今度は覗き見ばかりか、部屋に勝手に入って下着まで盗もうとしたんだから」

返す言葉もなく俯くなか、理紗は非難の言葉を浴びせつづける。

「向こうに行って、性教育を受けてから、達ちゃんにひどいことされたって気づいたんだ」

「そ、それは……確かにそうだけど、理紗ちゃんが本当に好きだったのは事実だよ」

「だからって、六歳の子供にすること？」

「することじゃ……ありません」

「だよね？　それでも、達ちゃんが反省してたら許してあげようと思ってたんだよ」

「へ、そ、そうだったの？」

「でも……結果は言うまでもないよね」

「す、すみませんでしたぁ」

またもや土下座で謝罪したとたん、少女は抑揚のない口調で答えた。

「これからはもう会わないし、道ですれ違っても話しかけないで。家庭教師は、ママのほうから断ってもらうから。あ、それと……昨日は単に私がその気になっただけだから、誤解しないでね。達ちゃんのこと、なんとも思ってないから」

提示された厳しい条件も、これまでの所業《しょぎょう》を考えたら仕方ない。

再会直後から夢見ていた理紗との甘い未来は、ここで完全についえてしまったのだ。

言いようのない寂寥感が込みあげ、涙がぽろぽろ溢れだす。

「す、好き……」

「何？　聞こえないよ」

「好きなんだ……好きなんです……ホントに……大好きなんです」

「……キモい」

「そう思われても……く、ぐうっ」

感情を抑えられず、達也は顔を伏せたまま子供のように泣きじゃくった。

「……バカみたい」

呆れているのか、侮蔑の言葉を投げかけられても嗚咽は止まらない。

三分ほどは泣きつづけたか。涙が涸《か》れ果てる頃、少女はぽつりと呟いた。

「……反省してる？」

「は、反省……してます」

「二度と、悪いことはしない？」

「しません、絶対にしません。誓います！」

暗闇の中に一条の光が射しこみ、必死の形相で訴える。理紗は迷っているのか、しばしの間を置いてから答えた。

「罪滅ぼしは、ちゃんとしてもらうから」

「あ、ど、どうすれば……」

涙でぐちゃぐちゃになった顔を上げ、次の言葉を待ち受ける。

「一生、私の奴隷になるの」

「ど、奴隷……ですか？」

「そう……私が困ってたら、最優先で駆けつけて助けること。口答えはいっさい許さないし、絶対服従だからね」

「それで……許してくれるんですか？」

「恋人になることなんてありえないし、もちろん結婚なんてしないよ」

「けっこうです！」

心の底から好きだという気持ちが伝わったのか、それとも泣きわめく姿に同情したのか。どちらにしても、今はただ理紗のかけてくれた温情に感謝するしかないのだ。

「あの……ひとつ質問していい？」

「何？　変なことだったら答えないから」

「もしかして、もっと以前に、その……男の人との経験はあったの？」

昨日から抱いていた唯一の気がかりを、達也はためらいがちに問いかけた。

破瓜の血がなかったこと、昨日の今日で別の男と交情したこと。紛れもなく、彼女は性体験を済ましていたはずなのだ。

「去年の二月、近所に住むハイスクールの男の子とエッチしたのが初めて」

「そ……そうなんだ」

「すっごくいやらしい奴で、いやになって別れたいって言ったんだけど、しつこくてさ。あいつと離れることができて、その点では日本に帰ってきてよかったよ」

淡々と告白する理紗を、達也は惚けた表情で見つめた。

わずか十二歳にして、彼女は自分を含めて三人の男と肉体関係を結んだのだ。

目の前の美少女がエロスの象徴と化し、バスタオルから覗くむちむちの太腿に牡の血がざわつきだす。

(奴隷か……いくら許せないとはいっても、エッチはさせてくれたんだし、性奴隷ってことも考えられなくはないよな)

セックスなどと贅沢《ぜいたく》なことは言わないが、淫らなお情けを期待するのは虫がよすぎるだろうか。

「そいつ、ちょっと達ちゃんに似てたよ」

「え……あ、そうなの」

「うん、変態なところが特に。今だって、変なとこばかり見てるでしょ?」

「いや、見てません!」

「嘘や隠し事も、いっさい禁止だからね。うーん……やっぱり、もう会わないほうがいいのかなぁ」

「そ、それだけは勘弁! 奴隷でも下男でも、なんでもやりますから!」

拝み手をすると、理紗はこれ見よがしに足を開いた。

(見ない……見ないぞ)

すぐさま目を逸らすも、性欲漲る肉体は熱い血液を海綿体に注ぎこむ。

懸命に気を逸らそうとした刹那、柔らかい足の裏が股間に押し当てられ、達也は身をよじって狂おしげな声を発した。

「む、おおぉぉっ」

「大きくさせてるじゃない」

「で、でも、そんなことされたら……」

「足で踏む前から膨らんでたよ。嘘は許さないって言ったの、もう忘れたの？」

「わ、忘れてませんっ！　あ、ううっ！」

「言っとくけど、私の許可がないと、おっきくさせるのもだめだからね」

「そ、そんなぁ」

「あ、口答えするんだ？」

「しませんっ！　絶対にしません！　これが最後です!!」

苦渋に顔を歪める一方、全身が性の悦びに包まれ、ペニスがスウェットズボンの下で小躍りした。

「立って、服を脱いで」

「……へ？」

「たっぷりと、恥ずかしい思いしてもらうから」

今後は、反論や拒絶はいっさい許されないのだ。

立ちあがりざま服を脱ぎ、トランクスを捲り下ろすと、跳ねあがった怒張が下腹をバチーンと叩く。

(……ああっ)

羞恥に身悶えるも、下腹部の欲情は少しも収まらない。

「それじゃ、今から行動で誓いを立ててもらうから」

理紗は冷笑を浮かべたあと、美脚をさらに大きく広げた。

「舐めて」

「あ、あ……」

「他の男の子とエッチしたあとだけど、舐められる?」

とんでもない要求に、達也は息を呑んだ。

いくらシャワーを浴びたとはいえ、数十分前に他の男のペニスを受けいれたばかりなのである。

(マ、マジかよ)

達也が忠実なしもべになれるかどうか、理紗は本心を確かめようとしている。

本来なら屈辱的な行為であり、男としてのプライドもかなぐり捨てなければ受けいれられない行為だ。

(理紗ちゃん……本気なんだ。本気で、俺を奴隷扱いするつもりなんだ)

目の前に突きつけられた現実に愕然とするも、拒絶することで美少女との接点がなくなるほうが怖かった。

(やるしか……ないよな)

小さく頷き、自分自身を鼓舞《こぶ》してから膝をついて四つん這いになる。

理紗は一瞬、目を見張ったものの、足は決して閉じようとしない。達也は身を屈め、まっさらな膝のあいだに顔を突っこんだ。

身体を割り入れれば、バスタオルの裾が広がり、思わぬ光景が目に飛びこむ。

(あ、こ、これは……!?)

深紅の布地は、プレゼントしたセクシーランジェリーなのではないか。

贈った相手に憤怒《ふんど》している彼女が、なぜ淫らな下着を身に着けているのだろう。

真意は理解できなかったが、達也はとりあえず顔を突き進め、ぱっくり割れた布地の狭間から覗く恥芯をまじまじ見つめた。

汗を流した直後ということで、乙女のフェロモンは少しも匂わない。口を閉じた縦筋に軽いキスをくれたあと、舌で懸命な奉仕を試みる。

「あ……ンっ」

後ろ手をついたのか、理紗の身体が後方に傾げ、反動からバスタオルがはらりとほどけた。

（おおっ！）

彼女はショーツばかりでなく、ストラップレスのブラジャーまで着用していた。

ハーフカップのブラは双乳を中央に寄せ、量感たっぷりの乳房を誇らしげに見せつける。生白い肌も相変わらず美しく、エロティックなボディラインが牡の淫情を苛烈にあおった。

性欲を爆発させ、片足を肩に担いで舌を乱舞させる。さらにはゼリー状の内粘膜をベロベロ舐めあげ、小さな肉粒を丹念に掃き嬲った。

「ふっ、ンっ、はぁぁ……お犬さんみたい」

美少女のためなら、舐め犬でもなんでもなれる。

アレンはもちろん、これから出会うであろう男たちより、自分は何倍、いや何百倍も理紗を愛しているのだ。

己の心情を伝えんとばかりに、達也は時が経つのも忘れて口戯に没頭《ぼっとう》した。

すっかり肥厚《ひこう》した陰唇が、外側に大きく捲れだす。とろりとした淫液が舌先に絡みだし、潮の香りにも似た性臭が鼻先を掠める。

「はっ、ンっ、やっ、はぁぁっ」

頭上から甘い吐息が洩れ聞こえると、またもや性のパワーがフルチャージされた。

よほど気持ちいいのか、理紗は達也の頭を片手で摑み、女芯を自ら押しつける。

顎のだるさも意に介さず、滴る蜜液をじゅるじゅる啜っては喉の奥に流しこんだ。

女肉だけにとどまらず、頃合いを見はかり、秘めやかな裏の花弁に舌を伸ばす。

「あ……やっ」

理紗は下肢をビクリと震わせたものの、はっきりした拒否をせずに身をよじった。

放射線状の窄まりは淡いピンクの彩りで、抵抗感はまったくない。舌先でつつき、はたまたほじくりかえし、右手の親指でクリットを優しくこねまわす。

(理紗ちゃんを気持ちよくさせられるなら、一時間でも二時間でも舐めつづけられるぞっ!)

アドレナリンが大量に分泌し、達也は今、自分の置かれている状況に陶酔していた。

「ン、ンっ、はっ、はぁぁっ」

鼻にかかった喘ぎ声が高みを帯び、もっちりした内腿がひくつきはじめる。

やがて少女は、絶頂への螺旋階段を駆けのぼっていった。

「あっ、だめ、だめっ!」

理紗はここで拒絶の言葉を放ったが、童貞を捨てたばかりでは本音がどうかわからない。とりあえず、達也は陰核を指先でピンピン弾いてから口を離した。

「ン、ふっ!?」

直後にしなやかな上体が反り返り、全身の肌が桜色に染まる。形のいい乳房がふるふる震えた直後、理紗は熱っぽい息を吐き、とろんとした目を向けた。

「はあ……気持ちよかった」

「……あ！」

足で胸を押されてバランスを失い、もんどり打って絨毯に寝転がる。少女は舌なめずりしながらベッドを下り、シックスナインの体勢から顔を跨がった。

（おおっ、今度はお尻だっ！）

過激なTバックショーツは、丸々とした臀丘を余すことなく見せつける。

まろやかな膨らみに目を剝き、ペニスが派手にいなないた。

「う、ふン……奴隷のくせに、私をイカせるなんて納得できない。しかもおチ×チン、こんなにおっきくさせるなんて」

生温かい粘液が亀頭を包みこみ、続いて肉茎がしごかれる。

股間に走った快感電流に、達也は臀部をバウンドさせて口元を歪めた。

「むおっ」

ぱっくり開いた花びらに今すぐにでもかぶりつきたかったが、自分から積極的に動くことはできないのだ。

(理紗ちゃんが日本を発つ前に、この体勢で舐め合ったっけ。あのときは、がむしゃらに貪りついたけど……)

ぽってりした上下の唇が宝冠部を咥えこみ、肉胴の上をすべり落ちていく。

顔の打ち振りが開始されると、快感のタイフーンが勢いを増して股間を直撃した。

美少女も気を昂らせているのか、じゅっぱじゅっぱと高らかな吸茎音を響かせては男根をしゃぶりたおす。

「ンっ！　ンっ！　ンっ！」

「あ、お、おおっ」

鼻から抜ける吐息をスタッカートさせ、これまでにない激しいフェラチオに五感が麻痺した。

唇の裏側の柔らかい部分が雁首を何度もこするたびに、射精願望が極みへと押しあげられる。おねだりするようにヒップがくねった瞬間、ペニスが口からちゅぽんと抜き取られ、ソプラノの声が耳をつんざいた。

「舐めて！　舐めて！」

「はいぃぃっ！」

口戯の許可を受け、すっかりほころびた花弁に唇を押しつける。

達也も猛烈な吸引でお返しすれば、小振りなヒップがガクガクとわなないた。

口の周りを唾液と愛液まみれにしながら顔を左右に振り、ちょこんと突きでた肉芽を掃くように舐めたてる。

「い、ひぃぃっ」

理紗は悲鳴に近い喘ぎをあげたあと、恥骨を前後に振りたて、とろとろの肉びらを鼻面にこすりつけた。

「や、や、やぁあぁあっ！」

「むふっ、むふっ、むふぅぅっ！」

ふしだらな牝臭と甘酸っぱい味覚を堪能しつつ、至高の幸福感に包まれる。

唇を窄めてクリトリスを甘嚙みすると、快楽から気を逸らすためか、ペニスをこれでもかとしごかれた。

「あ、むごぉぉぉっ！」

「はあはあっ！　イッちゃ、だめだからね!!」

射精禁止の命を受け、下腹に力を込めて我慢する。

陰核を上顎と舌で挟みこみ、負けじとコリコリくじれば、少女は呆気なく二度目のエクスタシーを迎えた。

「は、ひンっ……イクっ……イクっ！」

手筒の抽送がストップし、汗でぬらついた肌と肌がピタリと合わさる。肩で息をする一方、達也は虚ろな表情から男根をしならせた。

（あぁ……挿れたい、出したいよ）

射精欲求は沸点に達し、噴きこぼれる寸前まで追いこまれている。

お情けで、二度目の情交を許可してくれないだろうか。

哀願の眼差しを向けると、少女を上体を起こし、身をくるりと反転させた。

顔は胸元まで桜色に染まり、艶っぽい視線が投げかけられる。

「達ちゃんの舌、やっぱりすごいよ……すごく気持ちよかった」

「はあふうはあっ」

「……挿れたい？」

理紗がロングヘアを掻きあげて呟くと、達也は待ってましたとばかりに頷いた。

彼女の性的な昂奮も、今やリミッターを振り切っているのだ。

「でも、簡単にはさせてあげないから」

「……え」

「達ちゃんは奴隷なんだから、ご褒美がほしいなら、もっと奉仕してくれないと」

「ど、どうすれば……」

青い瞳をきらめかせた美少女は、大股を開いて恥骨を迫りだした。

「お口を開けて」

眉をひそめた直後、淫裂がくぱぁと開き、肉の垂れ幕の中心にある尿道口が小さくひくつく。

(ま、まさか……まさかぁぁぁっ!!)

倒錯的な光景を思い浮かべたとたん、怒張が最大限まで膨張した。

彼女はこれから多くの異性と知り合うだろうが、このあとの行為を体験する男は自分だけなのではないか。

「は、はいぃぃっ!」

独占欲を満たした達也は目を見開き、言われるがまま口を開いた。

「出るよ……一滴残らず飲み干したら、エッチさせてあげるから」

「ホ、ホントに!?」

「私は、達ちゃんみたいに嘘はつかないから」

聖水をすべて飲み干せば、美少女と二度目の契りを交わせる。期待どおりの好条件を提示され、拒絶する理由があるものか。

やる気を漲らせた達也はさらに口を開け、やや緊張の面持ちでアブノーマルな瞬間を待ち受けた。

「あンっ……出るよ」

「ふぁい」

裏返った声で答えた直後、シュッという音とともに恥裂から黄金色の液体が迸った。

「う、ぷふぅ！」

聖水は計ったかのように口の中に注がれ、コポコポと軽やかな音を立てる。達也は口腔粘膜と喉の筋肉をうねらせ、灼熱の淫水を食道に流しこんでいった。

「やぁンっ、ホントに飲んでる」

「うぷっ、うぷっ」

今は甘露水を受けいれることに必死で、はしゃぐ理紗の様子は目に入らない。

しょっぱさや苦味はそれほどないため、思っていたより嚥下《えんげ》しやすかったが、飲み干すごとに胃が灼けるように熱くなる。

やがて五臓六腑に沁《し》みわたり、美少女と心まで一体になれたような錯覚に陥った。

(あぁ、おいしい……理紗ちゃんのおしっこ、おいしいよ！)

感激に打ち震えたのもここまでで、彼女の排尿はなかなか終わらない。それどころか勢いが増し、驚きのあまり瞳孔《どうこう》が開いた。

「あぶっ、あぶっ」

「ふふっ、ほら、まだ出るよ……こぼしたら、エッチの約束はなしだからね」

お腹がぽっこり膨らみ、こめかみに青筋を立てて息む。

(こ、こぼしてたまるかぁ)

地獄の苦しみに意識が朦朧とする頃、ようやく勢いが衰え、達也は口の中に溜まった洗礼を一気に飲みこんだ。

「ぷっ、ふあああぁぁ！」

「驚いた……本当に全部飲んじゃうなんて」

「り、理紗ちゃんのことが、大好きだからだよ」

「単に、変態なだけでしょ」

少女は憎まれ口をきくも、嫌悪しているとは思えない。それどころか、口元にソフトなキスをしてはにかんだ。

「しょうがないか、約束だもんね」

理紗が身をズリ下げ、垂直に起こしたペニスを股ぐらに忍ばせる。

「あ、あ……」

先端にヌルリとした感触が走ると、胸が熱い感動に包まれた。

「あぁン、達ちゃんの……相変わらず、おっきいよ」

「む、むむぅっ」

雁首が膣口をぐり抜け、すでにこなれた媚肉が怒張をしっぽり包みこむ。

「ン、あン……気持ちいい……はぁあぁっ」

ペニスが根元まで埋めこまれると、理紗は身を起こし、満足げな喘ぎを洩らした。

とろとろの蜜壺が与えてくれる快美が、今度は肉体を骨まで蕩かしていく。

「理紗ちゃん……好き、大好きだよ」

「もう……わかったって」

少女は苦笑したあと、恥骨をゆったりスライドさせた。

赤い舌が唇をなぞりあげ、あだっぽい視線が向けられる。愛蜜をたっぷりまとった膣襞が、肉の棍棒を優しく引き転がす。

「すぐにイッたら、きっついお仕置きするからね」

「は、はいっ」

許してくれなくてもいい。生涯、奴隷でもかまわない。

どんなかたちでも、美少女の寵愛《ちょうあい》を受けられるのなら、心の底から忠誠を誓おう。

青い瞳に見据えられた瞬間、達也の性感は一足飛びに頂点へと導かれていった。

◎本作品の内容はフィクションであり、登場する個人名や団体名は実在のものとは一切関係ありません。

◉新人作品**大募集**◉

マドンナメイト編集部では、意欲あふれる新人作品を常時募集しております。採用された作品は、本人通知のうえ当文庫より出版されることになります。

【応募要項】未発表作品に限る。四〇〇字詰原稿用紙換算で三〇〇枚以上四〇〇枚以内。必ず梗概をお書き添えのうえ、名前・住所・電話番号を明記してお送り下さい。なお、採否にかかわらず原稿は返却いたしません。また、電話でのお問い合せはご遠慮下さい。

【送付先】〒一〇一－八四〇五 東京都千代田区神田三崎町二－一八－一一 マドンナ社編集部 新人作品募集係

青い瞳の美少女《あおいひとみのびしょうじょ》 禁断の逆転服従人生《きんだんのぎゃくてんふくじゅうじんせい》

二〇二一年五月十日 初版発行

著者◉諸積直人【もろづみ・なおと】

発行◉マドンナ社
発売◉二見書房
東京都千代田区神田三崎町二－一八－一一
電話 〇三－三五一五－二三一一(代表)
郵便振替 〇〇一七〇－四－二六三九

印刷◉株式会社堀内印刷所 製本◉株式会社村上製本所 落丁・乱丁本はお取替えいたします。定価は、カバーに表示してあります。

ISBN978-4-576-21052-0◉Printed in Japan◉©N.Morozumi 2021